Les Aventures de David Balfour

R.L. STEVENSON

Les Aventures de David Balfour

Traduction et adaptation nouvelles
de
Pierre Lapalme

Couverture et illustrations
de
Dugévoy

LECTURE ET LOISIR

N° 9

DARGAUD JEUNESSE

PARIS • LAUSANNE • MONTREAL

Imprimé en France par l'imprimerie Bussière, à Saint-Amand (Cher).
Dépôt légal avril 1982 N° 161
ISBN 2-205-02153-2

Loi n° 49956 du 16 juillet 1949 sur les publications destinées à la jeunesse.

307 Benjamin-Hudon - St Laurent Montréal - P.Q. H4N 1J1

Dépôt légal à Québec. Dépôt légal à Ottawa avril 1982.

ISBN 2-205-02153-2

PRESSE IMPORT - LÉO BRUNELLE INC. 307 Benjamin-Hudon
St Laurent Montréal - P.Q. H4N 1J1
DISTRIBUTEUR EXCLUSIF LICENCIÉ

Distributeur exclusif pour la Belgique
Dargaud Benelux
Rue Kindermans, 3 - 1050 Bruxelles

CHAPITRE I

LE CHÂTEAU DE SHAWS

Mes aventures ont commencé par un beau matin de juin, en l'an de grâce 1751, le jour où j'ai fermé derrière moi la porte de la maison paternelle, où je ne devais plus revenir. Le soleil se levait, illuminant d'un éclat mordoré le sommet des collines. Quelques volutes de brume matinale s'accrochaient encore aux branches des arbres, où les merles chantaient à pleine gorge. Je descendis gaiement la route qui menait au presbytère, où m'attendait M. Campbell, le pasteur de Essendean.

Je le trouvai, comme convenu, à l'entrée du jardin. Il me demanda si j'avais pris mon petit déjeuner, puis, rassuré sur ce point, passa son bras sous le mien et m'entraîna :

— Viens, mon garçon, je t'accompagne jusqu'au gué, pour te montrer le bon chemin.

Il avait un air grave et, pendant quelque temps, nous marchâmes en silence. Enfin, il sembla sortir d'une longue rêverie et reprit :

— Regrettes-tu de quitter Essendean ?

— Je n'en sais rien encore... Tout dépend de ce qui m'attend. J'aime bien Essendean ; j'y ai été heureux, mais depuis la mort de mon père, plus rien ne m'y retient. Et comme je ne sais ni où je vais, ni ce que je vais devenir...

— Je comprends, David. D'ailleurs, il est grand temps que j'éclaire ta lanterne. Après la mort de ta mère, ton père, qui était déjà malade, me confia une lettre, en me disant que c'était ton héritage : — Quand je serai mort, remettez-la à mon fils, après avoir vendu la maison et le mobilier (ce que j'ai fait), et envoyez-le au château de Shaws, près de Cramond. J'y suis né, et mon fils doit y retourner. Le château de Shaws ! Mon père était un de Shaws ! Lui qui était si pauvre !

— Je ne peux t'en dire plus, mais sache que ton nom est Balfour de Shaws. C'est celui d'une famille ancienne, honnête et de bonne réputation, même si elle n'a plus guère de fortune. Ton père était un homme très cultivé et ce n'était pas un maître ordinaire ; il savait mieux que personne mener une école. Malgré sa pauvreté, tous les nobles de la région l'ont toujours reconnu comme étant des leurs. Voici la lettre dont je t'ai parlé. Emporte-la au château de Shaws, car elle ne t'est pas destinée.

De fait, l'enveloppe portait une inscription : « *A remettre en main propre à Ebeneezer Balfour de Shaws, par mon fils David Balfour.* »

En prenant cette lettre, je sentis battre mon cœur plus fort dans ma poitrine. Ainsi, tout un avenir nouveau s'ouvrait devant moi ! Moi qui n'avais jamais été que le fils d'un pauvre maître d'école, pour qui le monde s'était jusque-là limité aux murs de son village !...

— M. Campbell, bégayai-je, si vous étiez à ma place, vous iriez là-bas ?

— Bien sûr ! mon garçon. De toute façon, tu n'as rien à perdre. Tu n'as guère que deux jours de marche, d'ici à Cramond, qui se trouve près d'Edimbourg. En mettant les choses au pire et en admettant qu'on ne veuille pas de toi au château, tu seras vite de retour. Et tu sais que les portes du presbytère te seront toujours ouvertes. Mais je pense que tu seras bien reçu, comme l'espérait ton pauvre père. Maintenant, écoute-moi bien, j'ai quelques conseils à te donner.

Il s'assit au bord de la route, sur une grosse pierre qu'ombrageait le feuillage d'un hêtre et entreprit de me mettre en garde contre les méfaits et les turpitudes qui pouvaient me tenter. Il me recommanda de demeurer pieux en toutes circonstances et me dit aussi comment me conduire avec ma famille et mon entourage, lorsque je serais arrivé au château :

— N'oublie pas que malgré ta noblesse, tu n'es qu'un campagnard et que tu ne connais pas les usages. Il te faudra les apprendre vite. Prends garde de ne pas commettre de maladresse, et souviens-toi toujours que Lord Balfour de Shaws est ton maître. Ce doit être pour toi un honneur et un plaisir que de lui obéir.

— Très bien, dis-je. Je vous promets de faire de mon mieux.

— Voilà qui est parlé ! mon garçon. Et maintenant, venons-en aux questions matérielles.

Il me tendit un paquet qu'il tenait depuis le départ sous le bras :

— Tiens ! Voici l'argent que j'ai tiré de la vente des livres et du mobilier de ton père. Tu trouveras aussi dans ce paquet, trois petits cadeaux qui te seront utiles.

Sur ces mots, il se leva, ôta son chapeau et, baissant la tête, se mit à prier à mi-voix. Puis, me tenant à bout de bras par les épaules, il m'examina longuement avant de m'embrasser. Malgré les efforts qu'il faisait pour paraître serein, deux larmes perlaient à ses yeux et tout son visage trahissait une émotion profonde.

— Va, maintenant, dit-il enfin. Bonne chance, et que Dieu te protège !

Longtemps, je le suivis du regard. Il se hâtait sur la route poudreuse, sans se retourner, comme s'il avait craint de devoir revenir en arrière.

J'étais moi-même si bouleversé que mes jambes ne me soutenaient plus. Je m'assis sur la pierre que le brave homme venait de quitter et, pour me redonner du courage, j'ouvris le paquet qu'il m'avait laissé. J'y trouvai une bible de voyage, une pièce d'un shilling, et un bout de papier jauni, portant quelques lignes à l'encre rouge. Ce n'était rien d'autre que la recette d'un onguent à utiliser en cas de foulure ou de contusions. Le père Campbell avait pensé à tout. Rasséréné par ce présent pourtant bien anodin, je me dis qu'un tel homme ne pouvait pas être de mauvais conseil. Et, jetant mon baluchon sur mon épaule, ce fut d'un pied ferme que je franchis le gué pour gagner la route.

La première journée de marche ne fut pas trop éprouvante, et je trouvai facilement à me loger, le soir venu, dans une grange. Je repris ma route dès l'aurore, descendant des hauteurs vers la mer. Bientôt, malgré la distance, je vis les murailles d'Edimbourg et l'estuaire du Forth, sur lequel pesait un énorme nuage de fumée.

Peu après, un berger m'indiqua la direction de Cramond, et je poursuivis mon chemin, doublant la capitale à l'Ouest, jusqu'à la route de Glasgow. Plus loin, je croisai un régiment qui défilait au son des fifres. En tête, un cheval nerveux caracolait, monté par un vieux général au visage rubicond. Une compagnie de Grenadiers, coiffés de leurs bonnets poilus, le suivaient au pas cadencé. La vue de leurs tuniques écarlates et les accents joyeux de la musique me firent oublier la fatigue que je commençais à éprouver, et je repartis d'un pas plus gaillard, gorgé d'une énergie nouvelle.

Plus loin, apprenant que j'étais sur les terres qui appartenaient à la paroisse de Cramond, je crus le moment venu de demander le château de Shaws, et j'eus la surprise de constater que si les gens semblaient bien connaître ce nom, ils me répondaient avec une certaine réticence.

Tout d'abord, j'attribuai cette méfiance à l'inquiétude qu'on pouvait éprouver à la vue de mes vêtements couverts de poussière et de mes allures paysannes. Mais je fus vite détrompé, lorsque ayant arrêté un paysan qui arrivait par une sente, assis sur le brancard de sa charrette, je l'entendis me répondre :

— Mon ami, ce n'est pas mon affaire, mais vous paraissez être un garçon poli et respectable. Alors, si vous voulez mon avis, éloignez-vous de Shaws.

Ces réticences, ces insinuations vagues, m'avaient mis si mal à l'aise que j'aurais sans doute fait demi-tour et que je serais retourné à Essendean, si je n'en avais pas été si loin. Mais j'étais trop fatigué pour faire encore deux jours de marche et mon amour-propre me poussait à ne pas renoncer alors que j'étais si près du but. Je poursuivis donc mon chemin, glanant, non sans peine, quelques indications ici et là.

Le soleil rougissait à l'horizon, lorsque je croisai une grosse femme brune qui, me montrant du doigt une éminence, me dit :

— Il vous faut passer cette colline. Le château est dans l'autre vallée. De là-haut, vous le verrez. Mais prenez garde, ce château est maudit !

Et, tournant les talons, elle s'en fut en criant :

— Maudit, vous entendez ! Maudit !

A ce moment-là, j'aurais donné tous les titres de noblesse et tous les blasons du monde pour n'avoir jamais quitté Essendean. Mais que pouvais-je faire à présent que la nuit tombait, perdu, solitaire dans cette campagne où nulle habitation n'était visible, et que le froid du soir rendait plus inhospitalière encore ?

Je mis longtemps à gravir la colline, car mes jambes, alourdies par l'épuisement et coupées par la peur, ne me portaient plus. Enfin je parvins au sommet et, malgré la pénombre, je discernai les murs du château. Il était encore plus sinistre que je n'avais osé l'imaginer. Je dévalai le versant de la colline. Plus je m'en approchai, plus la bâtisse me semblait lugubre. La plupart des fenêtres n'avaient plus de vitres et les chauves-souris planaient alentour comme des pigeons près de leur pigeonnier. Et si un mince filet de fumée, qui s'élevait au-dessus du château, n'avait signalé une présence, j'aurais sans aucun doute pensé que cette demeure n'était qu'une ruine abandonnée.

C'était donc ça, la maison de mon père ? C'était ça, le château de Shaws ?...

Je m'approchai un peu plus, avec prudence. A travers les fenêtres étroites et grillagées, au rez-de-chaussée, je vis la lueur incertaine et timide d'un petit feu et, en tendant l'oreille, j'entendis les bruits caractéristiques d'un dîner, que venaient parfois couvrir des quintes de toux sèche et rocailleuse. Une pendule égrenait au creux du silence son tic-tac inlassable. Arrivé devant la porte, j'hésitai longtemps à frapper, paralysé par la peur, le froid et l'atmosphère de mort qui régnait en ces lieux.

Enfin, je cognai du poing contre le battant, d'abord timidement, puis plus fort, mais aucune réponse ne vint. Je commençais à désespérer lorsque j'entendis tousser au premier étage. Une fenêtre s'entrouvrit avec un grincement sinistre, et je vis apparaître le canon évasé d'un tromblon, qu'on braquait sur moi.

— Qu'est-ce que vous voulez ? dit une voix haut perchée, aux accents menaçants. Fichez le camp ou je tire !

Terrorisé, je bredouillai :

— Je suis venu avec une lettre. Je dois la remettre à M. Balfour de Shaws.

— Alors, déposez-la sur le seuil, et partez !

— Mais c'est une lettre d'introduction ! Je dois la remettre en main propre à M. Balfour.

Ces mots produisirent un effet inattendu. Il y eut un long silence, puis la voix reprit.

— Qui êtes-vous ?

— Je m'appelle David Balfour.

A ce moment-là j'entendis le tromblon cogner contre le rebord de la fenêtre. L'homme avait dû sursauter violemment. Et ce fut une voix curieusement transformée et radoucie qui demanda :

— Votre père serait-il mort ?

De surprise, je restai muet, mais l'homme sembla à peine s'en rendre compte et poursuivit, comme s'il m'avait oublié et se parlait à lui-même :

— Oui, il doit être mort. Pour que vous veniez frapper ici, il faut qu'il soit mort... Attendez-moi, je descends, je viens vous ouvrir.

CHAPITRE II

MON ONCLE

Peu après la porte s'ouvrit devant moi, dans un bruit de verrou et de chaîne rouillée, et je me trouvai nez à nez avec un étrange personnage. Il était très maigre et la voussure prononcée de ses épaules le faisait paraître plus petit qu'il ne devait l'être réellement. Il laissait une impression de malaise et son visage au teint terreux, couvert d'une barbe qui depuis longtemps n'avait pas été taillée, lui donnait un air maladif. Il avait le regard à la fois fuyant et fixe, tel celui d'une bête traquée. On aurait pu lui donner aussi bien cinquante ans que soixante-dix.

Il referma la porte derrière moi et me

conduisit jusqu'à une vaste pièce nue, qui devait être la cuisine. Sur une table, au milieu de la pièce, il y avait une jatte pleine de porridge, une cuiller de corne et un gobelet de bière. Sans même me demander mon avis, mon oncle me servit une part de porridge, et me fit signe de m'asseoir. Puis, tendant vers moi sa main osseuse et ridée, il dit :

— Montre-moi cette lettre !

Je lui répondis qu'elle ne devait être ouverte que par M. Balfour.

— Et qui crois-tu que je sois ? Allons, donne-moi cette lettre, dit-il d'un ton rogue. Je suis le frère de ton père, ton oncle, si tu préfères.

L'idée d'être le neveu d'un homme aussi désagréable ne me réjouissait guère, et j'eus bien envie de ne pas céder et de repartir comme j'étais venu, la lettre en poche. Mais il avait posé sur moi un œil si menaçant que je ne trouvai rien à répondre et que je lui tendis la lettre.

Mon oncle s'approcha de la cheminée tournant et retournant l'enveloppe comme s'il hésitait à l'ouvrir.

— Tu sais ce qu'elle contient ? demanda-t-il soudain.

— Comment le saurais-je ? vous voyez bien que le sceau n'a pas été brisé. Et mon père ne m'en a rien dit, mais il était écrit dans son testament que je devais vous la remettre après sa mort.

Mon oncle revint s'asseoir à table et poursuivit :

— Et tu as fait tout ce chemin pour cela ?

— Oh, j'avoue que j'espérais trouver aussi des parents fortunés qui m'auraient aidé un peu, en tout cas au début.

Mon oncle ne répondit pas. Il s'était servi un bol de porridge et mangeait rapidement, avec avidité, tout en m'observant à la dérobée. Quand son bol fut vide, il but une gorgée de bière, s'essuya la bouche avec sa serviette et, levant à nouveau les yeux sur moi :

— Ton père n'était pas très loquace dans sa jeunesse. C'était plutôt un garçon secret, silencieux. Il t'a parlé de moi ?

— Je ne savais même pas qu'il avait un frère...

— Et rien sur Shaws ?

— Je ne connaissais même pas ce nom avant sa mort.

Tout cela paraissait faire grand plaisir à mon oncle. Il alla même jusqu'à sourire, pour la première fois et, se levant, vint me taper sur l'épaule :

— Tu as bien fait de venir, mon garçon, je suis sûr que nous allons nous entendre ! Et maintenant au lit. Suis-moi, je vais te montrer ta chambre.

A ma grande surprise, il n'alluma ni lampe, ni chandelle et nous dûmes marcher à tâtons dans les couloirs. Nous nous arrêtâmes devant une haute porte, que mon oncle ouvrit, tout en grommelant, comme s'il avait compris le fond de ma pensée :

— J'ai trop peur des incendies. Bonne nuit, David.

A peine étais-je entré qu'il referma la porte et tourna la clef de l'extérieur.

Son comportement était si étrange que je ne savais pas si je devais en rire ou en pleurer. Peut-être ses bizarreries étaient-elles seulement dues à une trop longue solitude. Je décidai de remettre à demain l'éclaircissement des mystères qui se multipliaient depuis mon arrivée au Château et je fis le tour de ma chambre. Elle était glaciale, et le lit si humide que je ne pus m'y coucher. Je dormis sur le plancher, roulé dans mon plaid, que j'avais fort heureusement emporté.

Je m'éveillai au point du jour, après une très mauvaise nuit, endolori et claquant des dents. Je me trouvais dans une vaste chambre, tendue de cuir gaufré, garnie de beaux meubles et éclairée par trois grandes fenêtres. Dix ou vingt ans plus tôt cette pièce avait dû être agréable et coquette, mais depuis lors, les rats, les araignées et la poussière y avaient fait maints ravages.

Pendant que je passais les lieux en revue, le soleil s'était levé et brillait de tout son éclat. Je cognai tant que je pus à la porte et criai jusqu'à ce que mon geôlier vint me délivrer. La nuit l'avait rendu plus aimable. Il me salua avec une certaine gentillesse et alla même jusqu'à me conduire au puits pour que je puisse faire une rapide toilette. Je le rejoignis dans la cuisine où il avait allumé le feu et préparé du porridge.

Après le petit déjeuner, mon oncle Ebeneezer s'assit au soleil près de l'une des fenêtres pour fumer sa pipe en silence. De temps en temps, il me jetait un regard inquisiteur et me posait une question.

— Et ta mère ?

Je répondis qu'elle aussi était morte.

Un long silence suivit, puis, tirant énergiquement sur sa pipe :

— Tu as des amis ?

Je lui touchai un mot du pasteur Campbell, car je ne voulais pas que mon oncle me croit sans appui.

A ces mots, il se rembrunit et sembla sombrer dans une profonde rêverie.

— David, mon ami, dit-il enfin, tu as bien fait de venir chez ton oncle. J'ai le sens de la famille et je ferai ce que je pourrai pour toi. Il faut que je réfléchisse pour voir ce qui te convient le mieux : la magistrature, la théologie ou l'armée. Mais je ne veux pas que tu restes en rapport avec ces Campbell des Highlands. Alors, pas de lettres, pas de messages, pas un mot à qui que ce soit ou sinon, c'est la porte ! Ce disant il fit un geste en direction de la porte.

— Oncle Ebeneezer, je n'ai aucune raison de supposer que vous me vouliez autre chose que du bien. Mais sachez que j'ai aussi ma fierté. Ce n'est pas de ma propre volonté que je suis venu vous trouver, et si vous me montrez encore une fois la porte, je vous prends au mot.

Il parut décontenancé.

— Eh là ! du calme, je plaisantais. Il ne faut pas te fâcher pour si peu.

J'eus l'impression, un peu vite sans doute, que je prenais le dessus, et je me risquai à remarquer qu'il fallait aérer mon lit et mes draps et les faire sécher au soleil, car pour rien au monde on ne me ferait dormir dans ce lit trempé. Mon oncle se rebiffa et se mit à crier.

— Ça alors, c'est trop fort ! cette maison est-elle à moi, ou à toi ?

Mais aussitôt, il se reprit et se radoucit :

— Non, non ! ce n'est pas ce que je voulais dire. Ce qui est à moi est à toi. Je serai comme un père pour toi.

Et sur ce, il se mit à parler avec véhémence et passion de sa famille, de son ancienne grandeur, de son frère, de son père, qui avait commencé les agrandissements du château, et de lui-même, qui y avait vite mis le holà, considérant que c'était un gaspillage répréhensible.

Je commençais à me lasser de l'entendre ainsi discourir sans arrêt, lorsqu'il me dit :

— Bien, assez parlé. Je dois voir le greffier pour affaires.

Sur ce, il s'approcha d'un grand coffre, l'ouvrit, en retira un très vieil habit bleu et un gilet, sans dentelles, puis un chapeau de castor en bon état ; il s'en vêtit et alla prendre une canne dans le buffet. Il s'apprêtait à sortir lorsqu'il fit volte-face :

— Je ne peux pas te laisser seul dans la maison, dit-il, il va falloir que je t'enferme du dehors.

Le sang me monta au visage :

— Si vous osez faire ça, ce sera la dernière fois que nous nous verrons en amis.

Il pâlit et se mordit les lèvres.

— Qu'est-ce que c'est que ce chantage ? Ce n'est pas comme ça que tu gagneras mes bonnes grâces !

— Monsieur, lui répondis-je, j'ai un profond respect pour votre âge et pour nos liens de sang, mais vous n'avez pas le droit d'en abuser.

L'oncle Ebeneezer s'approcha de la fenêtre et regarda au dehors. Il tremblait, agité de tics nerveux. Mais lorsqu'il se retourna, son visage était souriant.

— Allons, je ne veux pas me fâcher avec toi. Je sortirai un autre jour.

— Oncle Ebeneezer, je ne comprends pas ! Vous me traitez comme un voleur, vous ne supportez pas ma présence et vous me le prouvez à chaque instant, par chaque parole. Alors, pourquoi cherchez-vous à me retenir ? Laissez-moi repartir chez mes amis, qui m'aiment, eux !

— Mais non, dit-il avec véhémence. Je t'aime beaucoup. Et pour l'honneur de notre famille, je ne puis te laisser repartir.

— Soit, je resterai un peu. C'est vrai qu'il est plus juste d'être aidé par ceux de son sang que par des étrangers. Mais si vous n'êtes pas plus aimable, je ne réponds de rien...

Cette journée qui avait si mal commencée s'acheva de façon plutôt agréable. Si ce n'est que je commençais à trouver lassant le menu de mon oncle qui ne variait jamais : porridge et bière. Dans une pièce voisine de la cuisine, je passai une partie de l'après-midi à lire.

On oncle avait beaucoup de livres, en particulier d'auteurs latins et anglais. En fouinant dans sa bibliothèque, je fis une découverte qui me laissa perplexe : c'était une inscription de la main de mon père, sur la page de garde d'un livre populaire : « A mon frère Ebeneezer pour ses cinq ans. »

Comment mon père, qui était plus jeune que son frère avait-il pu écrire cela ?...

J'essayais de penser à autre chose ; mais

j'eus beau me plonger dans ma lecture je demeurai obsédé par cette étrange dédicace. A table, le soir, devant le porridge et la bière, j'interrogeai tout de suite mon oncle, pour savoir si mon père avait été un écolier particulièrement doué et précoce.

— Alexandre ? Ton père ? Ah non, répliqua-t-il. J'étais bien plus en avance que lui ; c'est moi qui étais un enfant très éveillé. J'ai su lire en même temps que lui.

Cette réponse accrut ma perplexité, mais une idée me vint à l'esprit, et je demandai à mon oncle si mon père et lui n'étaient pas jumeaux.

Il sursauta sur son tabouret, au point que sa cuiller de corne lui échappa.

— Pourquoi me demandes-tu cela ? dit-il en saisissant le revers de ma veste et en me regardant fixement.

Je me sentais bien plus fort que lui, et il ne m'effrayait guère.

— Lâchez ma veste, lui dis-je, ce n'est pas une façon de se conduire ; et pourquoi vous mettre en colère, je n'ai rien dit de mal !

Mon oncle fit un grand effort sur lui-même et, se radoucissant :

— T'entendre parler de mon frère me fait de la peine.

Je n'ajoutai rien, mais sa réaction ne fit que me confirmer dans mes doutes et je me souvins d'une chanson populaire qui contait l'histoire d'un pauvre garçon dont l'héritage légitime était détourné par un parent indigne. J'en arrivai à me demander si ce n'était pas le cas pour moi ; car j'y trouvais l'explication des craintes de mon oncle et la justification de tout ce qu'il faisait pour m'isoler et m'enfermer.

J'adoptai la même attitude fuyante et évasive que lui. Mais plus je l'observais, et plus j'étais persuadé qu'il préparait un mauvais coup.

Après avoir fini de dîner, il alla s'installer au coin de la cheminée. Il me tournait le dos. Après avoir tiré quelques bouffées de sa pipe il me dit :

— David, il faut que je te dise quelque chose. J'avais promis à ton père, que, s'il avait un fils, je commencerais, le jour de sa naissance, à mettre de l'argent de côté pour lui constituer un petit pécule qui lui reviendrait s'il se retrouvait seul au monde. Chose promise, chose due. J'ai pour toi quarante livres, en espèces trébuchantes. Mais je ne veux pas que tu saches où je cache le peu de richesses que je possède. Fais quelques pas dehors, pendant que je compte ce qui te revient. Je t'appellerai quand je serai prêt.

J'étais intimement persuadé que toute cette histoire n'était que mensonge, inventé dans un but que je ne pouvais encore deviner. Je décidai de ne rien dire et de laisser faire, sans montrer mes soupçons, afin d'en savoir plus.

Mon oncle ne fut pas long et me rappela bientôt. Il compta trente-sept guinées d'or, qu'il me mit dans la main. Le reste était en petites pièces d'or et d'argent, qu'après avoir réfléchi, suivant son avarice naturelle, il fourra dans sa poche.

— Je n'ai qu'une parole, dit-il. Et maintenant, donnant, donnant. Je suis vieux et j'ai besoin d'aide. En échange, je te demande de t'occuper de la maison et du bout de jardin, ainsi que de me rendre les services que je te demanderai.

Je répondis que j'étais à son entière disposition et que je me ferai un plaisir de lui obéir.

— Parfait, dit-il, commençons.

Il tira de sa poche une clef rouillée.

— C'est la clef de la tour de l'escalier, à l'extrémité de la maison. Cette partie n'est pas achevée ; on ne peut y accéder que du dehors. Monte par ces marches et rapporte le coffre qui se trouve en haut. Il renferme des papiers dont j'ai besoin.

— Puis-je avoir de la lumière ?

— Non ! aucune lumière chez moi ! Je t'ai déjà dit que j'avais peur des incendies.

— Mais c'est dangereux ! Je n'y verrai rien.

— Penses-tu ! les escaliers sont bons. Tu n'as qu'à t'appuyer au mur pour te guider. Il n'y a pas de rampe, mais les marches sont régulières et en parfait état.

Je sortis dans la nuit, et me dirigeai vers la tour, peu rassuré. Je venais juste de tourner la clef dans la serrure, lorsqu'un éclair illumina tout d'une lueur sauvage. Le temps avait tourné à l'orage, et la pluie n'allait pas tarder à tomber. En entrant dans la tour l'obscurité me parut profonde, d'autant que j'étais à moitié aveuglé par l'éclat de la foudre. J'avançai à tâtons dans le noir, en longeant la paroi de la tour.

Le château de Shaws s'élevait sur cinq étages sans compter les greniers. Plus je montais, plus l'escalier me semblait aéré et éclairé. Etonné par ce changement, j'en étais à me demander quelle pouvait en être la cause, lorsqu'un second éclair illumina les lieux. Ce que je découvris alors me fit une telle peur que je ne pus pas même crier. L'escalier qui, dans les premiers étages, était en bon état, tombait en ruine dans les étages supérieurs. Et, dans l'obscurité, je ne m'étais pas rendu compte que je gravissais maintenant des marches de largeur inégale, et que le mur qui les bordait était troué d'énormes brèches. J'étais arrivé à un des tournants de la tour carrée. Rendu prudent par ce que m'avait montré la lumière de l'éclair je tâtonnais un peu devant moi. Ma main glissa sur une arête et, au-delà, je ne trouvai plus que le vide. L'escalier ne montait pas plus haut. En pensant à la hauteur de la chute et au péril mortel que je venais d'éviter, je sentis tout mon corps se couvrir de sueur. Mais je savais maintenant à quoi m'en tenir, et je redescendis rapidement, sans même prendre mes précautions tant la colère me montait à la gorge. Tandis que je dégringolais les marches aussi vite que je le pouvais, le vent se leva et fit trembler la tour. Avant que je ne sois au bas de l'escalier, la pluie se mit à tomber à verse.

Je courus sous les trombes d'eau, les yeux fixés sur la porte de la cuisine. Je l'avais fermée derrière moi. Elle était maintenant ouverte, laissant passer une lueur. Sur le seuil je crus voir la silhouette immobile d'un homme debout sous la pluie, aux aguets. Un nouvel éclair dissipa mes doutes : c'était mon oncle. Comme je m'approchais, il fut pris d'une peur panique et se précipita dans la maison, laissant la porte ouverte derrière lui. Je le suivis sans faire de bruit et il ne m'entendit pas entrer dans la cuisine. Il avait ouvert un buffet d'angle et pris une grande bouteille d'eau-de-vie. Maintenant, il était assis, me tournant le dos. Un frisson effrayant l'agitait et il grommelait en buvant à la bouteille.

Je m'avançai et, soudain j'abattis mes deux mains sur ses épaules en criant : « Ah ! »

Mon oncle battit des bras, hurla et s'écroula sur le sol, comme mort. Je n'hésitai pas à le laisser à terre. Les clefs pendaient dans le buffet d'angle, et j'avais bien l'intention de me trouver des armes avant que mon oncle n'ait retrouvé ses sens et sa volonté de me nuire. Dans le buffet, parmi les quelques bouteilles, se trouvaient des médicaments, des factures et des papiers que je n'avais pas le temps d'examiner et qui n'avaient pas d'intérêt pour moi. Je m'attaquai aux coffres. Le premier regorgeait de farine, le second renfermait des sacoches et des papiers en liasses ; dans le troisième, je découvris parmi des vêtements, un vieux poignard d'Écossais des Hautes Terres, dans son fourreau. Je le cachai sous mon gilet et revins vers mon oncle.

Il était étendu comme il était tombé, le visage bleu, et ne semblait plus respirer. J'eus peur qu'il ne soit mort, et je lui éclaboussai d'eau le visage. Ses paupières battirent et sa poitrine se souleva. Enfin, il ouvrit sur moi des yeux emplis d'une terreur sans nom.

— Debout ! lui dis-je.

— Tu es vivant ? pleurnicha-t-il lamentablement. Comment as-tu...

— Ah ça ! Ce n'est pas grâce à vous !

Il pâlit à ces mots et de nouveau sa respiration devint courte et difficile.

— Le flacon bleu, murmura-t-il péniblement. Le flacon bleu, dans l'armoire, vite.

Je trouvai la fiole et, aussi vite que je le pus, je lui fis avaler la dose notée sur l'étiquette.

— J'ai une maladie de cœur, souffla-t-il avec peine.

Je l'installai sur une chaise. Il semblait si mal en point que j'éprouvai une certaine pitié pour lui. Mais la colère reprit vite le dessus. Il allait falloir qu'il m'explique pourquoi il me mentait si obstinément, pourquoi il avait si peur de me voir le quitter, pourquoi il s'était mis en colère quand je lui avais demandé s'il était le jumeau de mon père, pourquoi il m'avait remis de l'argent et surtout, pourquoi il avait essayé de me tuer. Il m'écouta en silence, puis, d'une voix brisée, il me supplia de le laisser se coucher.

— Je te dirai cela demain, je te promets. Mais laisse-moi me reposer.

Il était si faible que je ne pouvais qu'accepter. Je l'enfermai toutefois dans sa chambre et empochai la clef. De retour à la cuisine, j'allumai un feu comme il n'avait pas dû en flamber là depuis des années, je m'enveloppai de mon plaid et, allongé sur les coffres que j'avais rapprochés l'un de l'autre je m'endormis.

CHAPITRE III

L'ENLÈVEMENT

Le lendemain matin, avant même que la dernière étoile se soit éteinte dans le ciel, je descendis au ruisseau et, pour m'éclaircir les esprits, je plongeai dans une mare profonde où le courant tourbillonnait. La peau rougie par ce bain glacé, je remontai vers la maison pour m'asseoir devant le feu où je lançai quelques morceaux de bois. Puis, j'essayai de faire le point sur ma situation.

Mon oncle était mon ennemi et, sans aucun doute, il ferait tout pour me faire disparaître. Mais j'étais persuadé d'être le plus malin, de pouvoir lui faire avouer ses secrets et d'avoir raison de lui.

C'est la tête pleine de ces convictions que je montai libérer mon prisonnier. Il me salua avec une politesse que je ne lui connaissais pas et je répondis de même, souriant avec suffisance. Bientôt, nous étions assis dans la cuisine, pour prendre notre petit déjeuner, comme la veille.

— Eh bien, Monsieur ! J'attends les explications que vous m'avez promises.

Il murmura qu'il s'agissait d'une plaisanterie, mais en voyant mon sourire moqueur, il s'arrêta court et déclara qu'il m'expliquerait tout cela après déjeuner parce qu'il n'avait pas encore les idées très claires. Je voyais bien à son expression qu'il cherchait à gagner du temps, parce qu'il n'avait pas encore trouvé un motif crédible. C'est alors que quelqu'un frappa à la porte.

J'ordonnai à mon oncle de rester assis et j'allai ouvrir moi-même. Je trouvai à la porte un jeune garçon qui portait l'habit de marin.

— Bonjour, camarade, dit-il avec gaieté. J'apporte une lettre pour M. Ebeneezer. Eh bien dis donc ! je ne suis pas mécontent d'arriver. La route est longue. Je meurs de faim !

Je le fis entrer, et je lui servis ce qui restait

de notre habituel porridge. Il s'attabla et dévora le contenu de son bol comme s'il s'était agi d'un mets de roi. Pendant ce temps, mon oncle avait lu la lettre et réfléchissait. Enfin, il se leva et m'attira dans la partie la plus reculée de la pièce.

— Lis-moi ça, dit-il, en me tendant une lettre que je m'empressai de lire.

Tels étaient les termes de cette missive :

Taverne de Hawes à Queen's Ferry

Monsieur,

Je suis prêt à larguer les amarres et je vous envoie mon mousse pour vous en informer. Si vous avez d'autres consignes à me faire parvenir avant le départ pour l'Outre-Mer, c'est aujourd'hui la dernière occasion qui vous soit donnée, car les vents nous sont propices et nous devons quitter le Forth. Je tiens aussi à vous prévenir que, compte-tenu de vos agissements, je me suis vu dans l'obligation de voir votre agent, M. Rankeillor, et de tirer une traite sur vous.

Je reste néanmoins votre très humble et obéissant serviteur.

Elias Hoseason

— Vous voyez David, dit mon oncle, je traite avec le capitaine Hoseason qui commande le brick le *Covenant* de Dysart. Je tiens à vous mettre un peu au courant de mes affaires. Nous pourrions accompagner ce garçon, voir le capitaine et ensuite mon notaire M. Rankeillor.

Je pris le temps de réfléchir avant de répondre. Je savais pertinemment que mon oncle mentait, car ce n'était pas après s'être tant méfié de moi et avoir même tenté de m'éliminer qu'il pouvait souhaiter me mêler à ses affaires. Il devait donc avoir une idée derrière la tête, qui certainement n'était pas à mon avantage. Mais cette proposition me tentait car il y avait très longtemps que je mourais d'envie de voir la mer, ayant toujours vécu à l'intérieur des terres. Et je me dis que dans un port, le passage et l'animation étaient tels que mon oncle ne pourrait pas attenter à ma vie, surtout si je restais sur mes gardes. Enfin, quoi qu'il advienne, ce ne pourrait guère être pire que de rester dans ce château en compagnie de cet homme. J'acceptai donc, et nous partîmes sur l'heure.

En route, l'oncle Ebeneezer ne desserra

pas les dents et j'en fus réduit à la conversation du mousse.

Ransome naviguait depuis l'âge de neuf ans et se considérait déjà comme un matelot aguerri. Il me montra avec fierté, malgré le froid, les tatouages qu'il avait sur la poitrine, et me parla de la vie sur le *Covenant*. Pour lui, le capitaine Hoseason n'était pas un vrai marin.

— C'est M. Shuan qui fait naviguer le brick, c'est le meilleur marin marchand qui soit, malheureusement il boit, et dans ces cas-là, mieux vaut ne pas s'en approcher. Tenez, regardez !

Sur ce, il retroussa sa manche, et me montra une large blessure dont le trait violacé montrait qu'elle était toute récente.

— C'est lui qui m'a fait ça, dit-il non sans un certain orgueil.

— Comment ! vous supportez ces brutalités ! mais enfin, vous n'êtes pas un esclave !

— Oh ne vous inquiétez pas ! il me le paiera !

Et il me montra un long couteau à gaine qu'il avait, disait-il, volé. Cet enfant, déjà dévoyé, m'inspirait une pitié sans nom. Et je commençai aussi à penser que le brick *Cove-*

nant[1], malgré le nom qu'il portait, était une antichambre de l'enfer.

— Au nom du ciel ! m'écriai-je, ne pouvez-vous mener une vie honorable à terre ?

— Oh non ! dit-il. Je serais obligé de travailler. Et, à tout prendre, je suis moins à plaindre que tous ceux qu'on envoie comme esclaves en Amérique du Nord ou que l'on détourne du droit chemin pour leur faire servir des causes douteuses.

Enfin nous arrivâmes en vue de Ferry et de Hope. A cet endroit, l'estuaire du Forth n'est pas plus large qu'une rivière. Une fois dans le port, Ransome me montra la yole, amarrée près de l'auberge de Hawes ; des matelots endormis y attendaient le capitaine. Le *Covenant* avait jeté l'ancre à un demi-mille de la côte. En voyant l'équipage hâler les cordages et hisser les vergues, j'eus pitié de ces hommes qui, condamnés à naviguer, trimaient sans relâche. Je traversai la route pour dire à mon oncle qui marchait de l'autre côté :

— Je dois vous dire que pour rien au monde je n'embarquerai sur le *Covenant*.

En effet, l'idée qu'il ait voulu me placer

1. Covenant : Alliance. Pacte.

comme mousse m'était soudain venue à l'esprit. Après tout, c'était une façon comme une autre de se débarrasser de moi.

— Mais il n'en est pas question ! David, nous allons simplement voir le capitaine.

Dès notre arrivée à la taverne, Ransome nous fit monter dans une pièce meublée d'un lit et d'une table ; elle était chauffée comme un four par un grand feu de charbon. Près de la cheminée, un homme de haute taille et d'allure discrète écrivait, assis devant une table. Il se leva aussitôt, et, s'avançant, il tendit sa grande main à Ebeneezer.

— Je suis heureux de vous voir, M. Balfour, dit-il d'une belle voix grave, et ravi que vous soyez arrivé à temps.

J'étais impatient de voir la mer de près et mal à l'aise dans cette pièce surchauffée. Je décidai donc de sortir. Je laissai les deux hommes seuls devant une bouteille et une masse de papiers. Je traversai la route pour descendre à la plage.

Là-bas, le *Covenant* hissait les voiles, et, l'espace d'un instant, j'eus envie de voyager au loin.

Je demandai à l'un des marins qui attendait dans la yole vers quelle destination partait le brick. Mais il ne voulut pas me répondre et se contenta de me dire qu'il partirait dès que le reflux commencerait. Il avait l'air très content de quitter ce port qui manquait de tavernes et de violoneux. Ses paroles étaient ponctuées de jurons dont la vulgarité me fit fuir.

Finalement, après avoir parlé un peu à d'autres hommes d'équipage, le mousse Ransome que j'avais si mal jugé me parut être le moins corrompu de tous. Je le croisai au moment où il sortait de la taverne, et il me proposa de boire un verre.

— D'accord, dis-je, un verre de bière ne nous fera pas de mal.

Et nous nous attablâmes pour boire et manger un morceau.

J'invitai le patron à notre table, mais il refusa mon offre avec une politesse un peu hautaine. Après quelques minutes, il revint néanmoins vers la table et me dit :

— Vous étiez avec Ebeneezer n'est-ce pas ? Vous êtes de sa famille ?

Je sentis confusément que le moment était venu où j'allais en savoir plus et, pour faire parler l'aubergiste, je répondis :

— Non, pas du tout. Heureusement d'ailleurs, car Ebeneezer n'a pas l'air d'être bien vu dans la région.

— Pas de doute ! Et beaucoup voudraient le voir pendu. Nous étions deux bons copains, mais avec ce qu'on a raconté...

— C'est-à-dire ?...

— Oh ! une sombre histoire d'héritage, de château dont il aurait dépossédé son frère aîné.

— Le château de Shaws ?

— Il n'y en a pas d'autre, à ma connaissance.

Sur ces mots le patron qui ne semblait pas apprécier mes questions pressantes tourna les talons.

Je n'y voyais pas plus clair dans mes affaires mais j'avais du moins la confirmation de mes doutes. Je regardai par la fenêtre de l'auberge et je vis sur le quai le capitaine Hoseason qui parlait avec autorité au milieu des matelots. En le regardant arpenter le quai, redressant sa haute taille, j'avais du mal à croire en ce que m'avait dit Ransome de son incompétence.

Mon oncle m'appela à ce moment et nous rejoignîmes le capitaine, qui se montra très aimable avec moi.

— M. Balfour m'a dit le plus grand bien de vous, je vous trouve sympathique. J'aurais aimé rester ici plus longtemps pour que nous puissions mieux faire connaissance. Mais profitons du peu de temps qui nous reste. Venez donc passer une demi-heure sur mon brick, nous boirons une bolée de punch ensemble.

Je mourais d'envie de visiter le bateau, mais je ne voulais pas m'exposer au danger. Aussi lui dis-je que mon oncle et moi avions rendez-vous chez un homme de loi.

— Oui, en effet, votre oncle m'en a touché un mot. Mais qu'à cela ne tienne, je vous ferai déposer en barque sur la jetée de la ville, qui est à deux pas de chez maître Rankeillor.

Je ne me méfiais plus de lui et je montai dans le canot pour suivre celui que j'estimais être un ami sûr et un soutien.

La côte s'éloignait, tandis que le canot, au ras des flots, approchait du brick. Celui-ci grandissait à vue d'œil et je fus ébahi de sa hauteur lorsque le canot se rangea le long du bord. Un palan nous éleva en l'air et nous déposa sur le pont. Le capitaine me prit alors par le bras, et me fit visiter le bateau, me montrant toutes les subtilités du gréement et l'usage qu'on pouvait en faire. Mais malgré l'intérêt que je portais à cette visite, j'éprouvais un sentiment confus d'inquiétude. L'absence de mon oncle surtout me préoccupait :

— Où est donc mon oncle ? demandai-je.

Au même moment, je compris que j'étais perdu. De toutes mes forces, je me dégageai et je courus au bastingage. Je vis alors le canot filant droit vers la ville. Mon oncle était assis à l'arrière.

Je criai :

— Au secours, au secours !

Mon oncle se retourna alors et je vis son visage qui exprimait une épouvantable cruauté. Puis des mains vigoureuses m'arrachèrent au bastingage, je sentis une vive douleur à la nuque, je vis une grande flamme, et je m'écroulai, sans connaissance.

Quand je revins à moi, je souffrais violemment de la tête. Pieds et poings liés j'étais allongé sur le sol. Une foule de bruits peu familiers m'assourdissait. De plus, le mal de mer m'avait donné une violente nausée. Dans ma jeunesse aventureuse, j'ai traversé des moments difficiles, mais aucun n'éprouvèrent plus mon corps et mon âme que ces heures sans espoir sur le brick.

Je ne pouvais évaluer le temps, car j'étais enfermé à fond de cale, dans l'obscurité la plus absolue. J'étais en train de tomber dans une lourde somnolence quand quelqu'un entra et s'accroupit près de moi, éclairant mon visage avec sa lanterne. C'était un petit homme d'environ trente ans avec une tignasse blonde, qui me regarda fixement pendant quelque temps.

— Comment ça va ? demanda-t-il enfin.

Je répondis par un sanglot. Mon visiteur tâta mon pouls et mes tempes. Il lava et pansa la blessure que j'avais au cuir chevelu, puis il s'éclipsa et me laissa seul dans l'obscurité ; j'avais mal partout, et mes liens me brûlaient. Mon imagination, stimulée par la fièvre, faisait de moi la proie des pires cauchemars.

Bientôt, la trappe qui menait au réduit où l'on m'avait enfermé s'ouvrit à nouveau. L'homme aux yeux verts descendit l'échelle et je remarquai qu'il vacillait un peu. Le capitaine le suivait.

— Je veux que ce garçon sorte de ce trou, dit le petit homme. Le laisser là c'est le condamner à mort. Vous avez peut-être été payé grassement pour commettre un meurtre, mais moi, je ne suis payé que comme second de ce vieux raffiot et je n'ai pas l'intention d'être mêlé à cette histoire.

Hoseason se mit à crier :

— Que dites-vous ! Quels sont ces propos !

— Vous savez très bien ce que je veux dire, dit l'homme, les yeux fixés dans ceux du capitaine.

— Monsieur Riach, j'ai fait avec vous trois croisières, vous avez eu le temps de me connaître : je suis un homme rude, mais vous savez très bien comme vous le dites que je suis incapable d'une chose pareille. Installez ce garçon où vous voudrez, je vous donne carte blanche.

Cinq minutes plus tard, mes liens étaient coupés et, hissé sur les épaules d'un homme, je fus porté jusqu'au gaillard d'avant, puis jeté sur un tas de couvertures. Peu après, un homme vint me donner une potion calmante préparée par M. Riach, et m'ordonna de me tenir tranquille.

Je restai là plusieurs jours, sous une étroite surveillance. Mais je n'étais plus maltraité et j'appris à mieux connaître ces hommes. Ils étaient grossiers et malhonnêtes, mais ils avaient leurs qualités. Ils avaient bon cœur lorsque l'occasion s'en présentait et pouvaient même faire montre d'une certaine gentillesse.

Je n'oublierai jamais l'un d'entre eux. C'était un homme d'une quarantaine d'années. Il avait été pêcheur, mais avait perdu son bateau dans une tempête et avait dû s'engager comme marin pour naviguer au long cours. Il pouvait rester des heures à me parler de sa femme et de son fils qu'il ne voyait plus guère et qu'il aimait pourtant avec une réelle affection.

Considérant que j'étais presque des leurs ils allèrent jusqu'à me rendre l'argent que m'avait donné mon oncle et qu'ils m'avaient volé ; ils m'apprirent aussi que mon oncle voulait me faire vendre aux Carolines comme esclave dans une plantation.

La traversée était difficile car le *Covenant* affrontait des vents contraires, et la mer était grosse. L'équipage devait travailler dur réduisant ou déployant sans cesse la voilure selon les caprices du vent. La fatigue pesait sur les hommes et leur humeur s'en ressentait. Cependant, j'eus avec M. Riach une conversation agréable et utile, un soir où l'ivresse l'avait mis de bonne humeur. Habituellement, il ne me prêtait même pas attention. Il alla jusqu'à jurer de respecter le secret et je lui contai mon histoire.

— Un vrai roman ! s'écria-t-il. J'essayerai de vous aider, mon pauvre petit.

Il me promit du papier, une plume et de l'encre pour que je puisse écrire un mot à M. Campbell et à M. Rankeillor.

— Allons, courage ! Vous n'êtes pas le seul dans ce cas ! je puis vous le garantir ! Plus d'un homme qui bine le tabac outre-mer devrait être à cheval dans son pays natal ! Moi je suis fils d'un laird et plus qu'à moitié docteur. Et je trime sur ce rafiot !

Je pensai qu'il était en veine de confidences, et je crus bon de lui demander quelques précisions sur la vie qu'il avait menée. Il poussa alors un sifflement perplexe :

— Ça n'en vaut pas la peine. Je disais ça pour plaisanter, c'est tout.

Sur ces mots, il s'en fut, et me laissa seul sur le gaillard d'avant.

CHAPITRE IV

L'HOMME A LA CEINTURE D'OR

Une nuit, je fus réveillé par le capitaine Hoseason. Il avait l'air très soucieux et me dit :

— Nous avons besoin de toi, à la dunette. Tu remplaceras Ransome. Allons. File, vite !

A ce moment, deux marins descendirent par l'écoutille, portant Ransome dans leurs bras. A la lueur de la lanterne, je vis le visage du mousse et j'en reçus un choc qui me glaça le sang et me coupa le souffle. Il était d'un blanc cireux, terrifiant.

— Je t'ai dit de filer, cria le capitaine.

Je compris que ce n'était pas le moment de demander des explications et je grimpai sur le pont. La mer était très mauvaise et pour gagner la dunette, il me fallut courir, entre deux paquets de mer, en m'accrochant aux cordages. Et je faillis passer par-dessus bord plus d'une fois.

La dunette dominait de deux mètres le pont. Elle était aménagée simplement : une table et un banc fixés au plancher, deux couchettes réservées l'une au capitaine, l'autre aux seconds, à tour de rôle. Du haut en bas les parois étaient couvertes de rayonnages sur lesquels on posait le barda des officiers et une partie des réserves du bateau. Là se trouvaient les meilleurs vivres, la boisson et la poudre. Les armes à feu étaient accrochées à la verticale, sur un râtelier, au fond de la dunette.

Elle était éclairée par une petite fenêtre de chaque côté et une lucarne au plafond. Dès le soir, une lanterne brûlait sans cesse. Cette lueur brillait faiblement lorsque j'entrai, et je vis dans la pénombre, M. Shuan qui était attablé devant une bouteille d'eau-de-vie et un gobelet d'étain. Il regardait droit devant lui, le regard vide, comme s'il avait été frappé d'idiotisme. Rien ne le fit bouger, ni mon arrivée, ni celle du capitaine, et il sembla ne pas même

remarquer notre présence. Je me penchai vers Hoseason et je murmurai :

— Comment va Ransome ?

Il ne répondit pas et se contenta de hausser les épaules, comme s'il ne voulait pas s'interroger. C'est alors que M. Riach fit irruption dans la dunette. Il était d'une pâleur extrême, et le coup d'œil qu'il lança au capitaine en disait aussi long que des paroles. Ransome était mort.

Tous trois nous nous assîmes silencieusement face à M. Shuan, et nous le dévisageâmes longuement. Il n'avait toujours pas bougé et fixait obstinément le mur de son regard noyé.

Soudain, il tendit la main vers la bouteille. Mais M. Riach, plus rapide que lui, l'avait déjà saisie et fait disparaître avant que Shuan, hébété par l'alcool ait compris ce qui s'était passé. Le capitaine, hors de lui, se mit à hurler :

— Espèce de sac à vin ! Tu n'as pas assez bu comme ça. Tu sais ce que tu as fait ? Hein ? Tu l'as tué ! tu entends ! tué !

Shuan qui s'était levé, s'effondra à nouveau sur sa chaise et se passa la main sur le front.

— Il n'avait qu'à pas me donner un

gobelet sale ! grommela-t-il d'une voix pâteuse.

Nous échangeâmes un regard effaré. Le capitaine, accablé, envoya Shuan se coucher sans même lui promettre de punition.

M. Riach était outré :

— Capitaine, vous êtes d'une faiblesse inadmissible. Cet homme doit être jugé et traité comme il le mérite. Vous auriez déjà dû prendre des mesures. Vous saviez qu'il avait pris Ransome comme tête de turc.

— M. Riach, sachez que je n'ai d'ordres à recevoir de personne. J'ai besoin de cet homme. C'est le meilleur marin que je connaisse. L'incident de cette nuit ne sera pas connu à Dysart. Ransome est passé par-dessus bord, monsieur, c'est tout, compris ? Allez David, apporte-nous des verres. Nous en avons bien besoin, nous.

Telle fut ma première nuit de service à la dunette. Le lendemain, j'assurai le service courant : les repas du capitaine et de l'officier qui n'était pas de quart. La cuisine était d'ailleurs fort simple : porridge ou salaison et, deux fois par semaine, pudding.

M. Shuan, déjà ruiné par la boisson, et miné par le remords, n'avait plus toute sa raison. Je m'en aperçus un jour où, étant seul avec lui, je le vis se lever soudain de sa chaise et, aussi pâle qu'un mort, s'approcher de moi :

— Vous n'étiez pas ici auparavant ? me demanda-t-il.

— Non, monsieur.

— Il y avait un autre garçon n'est-ce pas ?

Quand je lui eus répondu, il hocha la tête et ajouta :

— Ah ! c'est bien ce que je pensais.

Puis il se rassit, et n'ouvrit plus la bouche, sauf pour me réclamer de l'eau-de-vie.

Malgré la peur que j'avais de cet homme mon service ne me déplaisait pas. M. Riach me parlait en ami, et le capitaine lui-même faisait preuve avec moi d'une certaine gentillesse. Par ailleurs travailler m'empêchait de penser au triste sort qui m'était réservé et qui me désespérait chaque jour un peu plus : devenir esclave dans une plantation de tabac.

Pendant plus d'une semaine, le mauvais temps s'acharna sur le *Covenant*. Enfin dans l'après-midi du dixième jour, la houle s'apaisa. Mais un épais brouillard blanc et humide épaissit l'atmosphère, au point qu'on ne se voyait pas d'un bord à l'autre du brick. J'avais entendu dire que nous traversions une passe difficile, où les brisants étaient particulièrement dangereux. Je sentis qu'il y avait du danger dans l'air, lorsque je vis que la plupart des matelots restaient sur le pont.

Vers dix heures, je servais à dîner au capitaine et à M. Riach ; c'est alors que le bateau heurta quelque chose avec un grand bruit. Aussitôt nous entendîmes des voix crier des ordres. Dans le brouillard nous avions heurté un autre bateau, beaucoup plus petit que le nôtre, qui, coupé par le milieu, avait coulé en l'espace de quelques instants. Tout l'équipage avait été entraîné par le fond, sauf un homme qui avait échappé à la catastrophe. Lorsque le capitaine reçut le rescapé dans la dunette je fus surpris par son calme. Comme s'il avait simplement été invité à souper, il enleva son manteau et s'assit à table. Il était petit mais bien bâti. Il avait le visage tanné par le soleil et marqué par la petite vérole. Deux yeux étonnamment clairs donnaient à ce faciès ingrat une expression trouble qui pouvait aussi bien rassurer qu'inquiéter. Dès le premier coup d'œil j'eus le sentiment qu'il valait mieux l'avoir pour ami que pour ennemi…

Il était habillé avec une grande élégance :

chapeau à plumes, gilet rouge, culotte noire et veste bleue ornée de superbes galons d'argent. Mais ces vêtements coûteux étaient quelque peu fripés comme s'ils avaient été portés pendant la nuit, pour dormir.

— Je suis désolé pour votre barque, dit le capitaine.

— Que m'importe la barque ! Mais j'ai perdu là des hommes qui m'étaient dévoués corps et âme, et qui se seraient damnés pour moi.

— Je le sais monsieur, et sachez que je le regrette bien sincèrement. Mais est-il indiscret de vous demander ce que vous faisiez sur cette barque, perdu avec ces hommes dans cette passe.

— Eh bien monsieur, je crois que vous êtes homme de bien, et que je peux vous faire confiance. Je suis jacobite [1], c'est-à-dire que je fais partie de ces gentilhommes honnêtes qui eurent des difficultés pendant la révolte de 1745 et 1746. Si je tombais entre les mains des habits rouges [2], je ne donnerais pas cher de ma

1. Jacobite : partisan de la dynastie anglaise légitime, celle de Jacques II et celle des Stewarts.

2. Red coats (habits rouges) : soldats anglais.

peau. J'étais en fuite vers la France et un navire français qui croisait dans les parages devait m'y emmener, mais il a disparu dans le brouillard. Si vous pouvez m'emmener à bon port, j'ai de quoi vous dédommager avec largesse de ce dérangement.

Le capitaine se tourna alors vers moi et m'envoya à la cuisine.

— Apporte-nous de quoi dîner, David. Ce gentilhomme doit avoir faim.

Quand je revins, le gentilhomme avait délacé sa ceinture à laquelle étaient accrochées plusieurs petites sacoches de cuir. De l'une d'elle il sortit quelques pièces d'or. Le capitaine regarda la ceinture puis leva à nouveau les yeux sur le voyageur.

— Pour la moitié, je suis votre homme.

L'homme ramassa les pièces et les remit dans l'une des bourses.

— Pas question. Cet or ne m'appartient pas. Je dois le remettre à mon chef en même temps qu'un message. Et je serais un piètre messager si j'arrivais en France en ayant vendu trop cher ma vie. Trente guinées si vous me laissez sur la côte et soixante si vous me déposez dans le Linnhe Loch.

— Et si je vous livre aux soldats ?

— Ce serait un marché de dupes et vous n'y gagneriez rien.

Mon chef s'est trouvé dépossédé comme tout Écossais honnête. Ses biens sont passés aux mains d'un homme qu'ils appellent le roi Georges et ses fonctionnaires essayent de recueillir les revenus. Mais, pour l'honneur de l'Écosse, les fermiers gardent une partie des sommes pour le chef en exil auquel ils sont restés fidèles. Si le gouvernement met la main sur cet argent, croyez-vous qu'il vous en sera reconnaissant et qu'il vous récompensera ?

— C'est vrai, dit le capitaine. Bon, d'accord pour soixante guinées et pour le Linnhe Loch. Topez là.

Sur ce, le capitaine sortit et me laissa seul avec l'étranger.

A cette époque, juste après 1745, de nombreux gentilshommes exilés passaient par l'Écosse au péril de leur vie, soit pour voir leurs amis, soit pour recueillir un peu d'argent. J'avais entendu parler de cela. Et voilà que maintenant j'avais devant moi l'un de ces hommes. Un fraudeur, un rebelle, qui était allé servir Louis, roi de France ; un aventurier, enfin. Ma curiosité était piquée au vif, et j'essayais de l'interroger.

— Ainsi vous êtes Jacobite ? lui dis-je en posant son assiette devant lui.

— Oui. Répondit-il, et votre air méfiant me dit que vous êtes, vous, du parti Whig[1]. Mais mon verre est vide, l'ami, de quelque parti que vous soyez, avouez que j'ai payé assez cher pour être bien servi.

— Il faut ouvrir l'armoire. Attendez un instant je cours chercher la clef.

Je sortis sur le pont. Le brouillard était toujours aussi dense, et le brick était à l'ancre. Nul ne savait où nous étions exactement et mieux valait attendre que d'affronter les brisants sans visibilité. M. Riach et le capitaine, réunis sur la coursive, se parlaient à voix basse. Inquiet, je m'approchai doucement, et j'en entendis assez pour ne plus avoir de doute sur leurs intentions.

— Ne pouvons-nous l'attirer hors de la dunette ? disait M. Riach.

— Il est mieux là où il est, répondit le capitaine. Il n'a pas de place pour jouer de l'épée.

— C'est vrai, mais nous aurons du mal.

— Bah ! fit le capitaine, il suffit de le

1. Whig : partisan du roi Georges.

surprendre. Nous entrons chacun par une porte. Vous prenez le bras droit, moi, le gauche et il sera ficelé avant d'avoir dégainé ou compris ce qui lui arrive.

J'eus si peur à entendre ces deux hommes, sans scrupule aucun, décider du sort du voyageur, que je pensai d'abord fuir sans demander mon reste. Mais je ne pouvais pas revenir dans la dunette les mains vides. Aussi je m'approchai d'eux et, après avoir toussoté, je demandai :

— Capitaine. Le passager voudrait à boire. Pourriez-vous me remettre la clef.

— Le capitaine sursauta et se retourna. Puis, s'adressant à M. Riach, il cria presque :

— Voilà l'occasion de récupérer les armes à feu ! David, savez-vous où sont les pistolets ?

— Oui, capitaine.

— Cet homme des Highlands est dangereux. C'est un traître et un ennemi ! Aide-nous à nous en débarrasser. Je m'en souviendrai, quand tu auras besoin d'avoir des amis, en Caroline… Et puis, tu as vu, il a de l'argent, beaucoup d'argent. Tu en auras ta part, bien sûr.

Je ne savais quel parti prendre. Je ne

pouvais pas faire confiance à ces crapules qui m'avaient enlevé, qui avaient fermé les yeux sur le meurtre de Ransome et qui s'apprêtaient à en commettre un eux-mêmes. D'autre part, je ne connaissais pas le voyageur et je ne voyais pas ce qu'un garçon comme moi et un homme seul, même brave comme un lion, pouvaient faire contre tout un équipage. Je décidai de gagner du temps et de faire semblant d'accepter le marché.

La clef en main, je revins lentement vers la dunette. Le jacobite mangeait tranquillement sa soupe. Il donnait une telle impression d'assurance et de sérénité que, poussé par une impulsion, je n'hésitai plus. J'allai droit à la table et, lui posant la main sur l'épaule, je lui demandai :

— Tenez-vous à être tué ?

A ces mots, il se leva et, m'attrapant sans ménagement par le bras, me regarda droit dans les yeux.

— Que veux-tu dire, morveux ? Explique-toi et tout de suite !

— Je sais qu'ils veulent vous tuer et vous prendre votre or. Moi, je ne suis ni un voleur, ni un assassin. Ils m'ont enlevé à la demande de mon oncle, pour me vendre comme esclave.

— Ah ! c'est ainsi ! Canailles !... Mais ne t'inquiète pas, petit, ils ne nous tiennent pas encore. Dis-moi d'abord, comment t'appelles-tu ?

— David Balfour. Et, pour la première fois, j'ajoutais à voix basse : de Shaws.

— Mon nom est Stewart. Mais on m'appelle Alan Breck.

Ces présentations faites, il fit le tour de la dunette pour organiser notre défense.

Le corps de garde, solidement construit pour résister aux paquets de mer avait trois ouvertures. Une lucarne, et deux portes en chêne massif montées sur glissières, et qu'on fermait avec des crochets. Je voulais tout fermer, mais Alan insista pour que je laisse l'une de ces portes ouverte.

— Ce sera la meilleure des défenses. Tant qu'elle sera ouverte la plupart de nos ennemis passeront par là et nous ne serons pas surpris.

Puis il posa sur la table tous les pistolets qu'il put trouver, et me demanda de les charger en me tendant des balles et une poire à poudre. Enfin, il me tendit un sabre d'abordage qu'il avait choisi avec soin et se campa au milieu de la pièce, face à la porte, il dégaina son épée pour juger de l'espace dont il disposait.

— Je devrais m'en tenir au coup de pointe. Dommage, je préfère la garde haute. Combien sont-ils ?

Je comptai et, après m'être trompé deux fois tant j'étais troublé je répondis d'une voix mal assurée :

— Quinze.

Alan émit un petit sifflement admiratif.

— Mazette ! Ça ne va pas être facile ! Bon ! Moi je défendrai la porte. Vous, vous ne ferez feu de ce côté que s'ils arrivent à m'abattre. Je préfère avoir dix ennemis devant moi qu'un ami qui tire dans mon dos. Il suffit d'une balle mal placée... Quand tu auras fini de charger tes pistolets tu grimperas sur cette couchette, ajouta-t-il en me montrant celle qui était sous la fenêtre, et s'ils s'attaquent à la porte qui est derrière moi, tu tireras dessus. Surveille aussi la lucarne. Tu entendras casser la vitre s'ils attaquent de ce côté.

CHAPITRE V

DEUX HOMMES CONTRE UN ÉQUIPAGE

Sur le pont, M. Riach et le capitaine avaient dû se douter qu'il y avait anguille sous roche, car à peine Alan avait-il parlé que le capitaine passa la tête par la porte ouverte.

— Halte ! cria Alan en pointant son épée vers lui.

Le capitaine s'arrêta net.

— Regardez-moi bien, capitaine. Je descends de rois, je porte un nom de rois. Le chêne est mon symbole, et j'en ai la robustesse. Vous voyez cette épée, elle a tranché plus de têtes que vous ne pouvez l'imaginer.

Appelez vos canailles et je vous montrerai qu'elle n'en est plus à une près.

Le capitaine ne répondit pas, mais, se tournant vers moi, il grinça entre ses dents.

— Tu me paieras ça David !

Et il tourna les talons me laissant tout désorienté. Mais il n'était plus temps de regretter. Alan avait déjà dégainé son poignard de la main gauche pour le cas où l'un des hommes échapperait à son épée. Les bras chargés de pistolets, je grimpai sur la couchette. Il y avait là une fenêtre fermée par un solide volet, et je l'entrouvris pour pouvoir surveiller l'arrivée des combattants et tirer par les fentes des persiennes. Je ne voyais qu'une partie du pont, mais assez bien pour pouvoir tenir mon rôle de combattant de l'arrière. La mer était calme. Nulle saute de vent ne faisait claquer les voiles. Sur le navire régnait un silence profond, angoissant. Je n'en pouvais plus d'attendre, et je fus presque content quand j'entendis du côté de la porte que gardait Alan un bruit de course. Je regardai par-dessus mon épaule, et je vis M. Shuan, sur le seuil, croisant le fer avec Alan.

A l'instant où je me retournai, je le vis tomber à genoux, touché par l'épée d'Alan.

Je n'eus guère à attendre pour avoir moi aussi à me défendre. De ma fenêtre, j'aperçus cinq hommes qui portaient une vergue et qui couraient sur ma porte pour l'enfoncer. Jusqu'ici, je n'avais guère tiré au pistolet, en tout cas jamais sur un de mes semblables. Au moment où ils se ruaient sur la porte je n'eus pourtant aucune hésitation, et je tirai dans le tas en criant :

— Attrapez !

Je dus en toucher un, car il poussa un cri et s'arrêta net. Les autres, effrayés, cessèrent de courir eux aussi. Avant qu'ils ne se reprennent, je tirai à nouveau, sans faire mouche. Ils n'en laissèrent pas moins tomber la vergue et s'enfuirent, courant dans tous les sens pour se mettre à l'abri.

Complètement assourdi, je jetai un regard dans la pièce tout enfumée par mes coups de feu et je vis Alan, qui, l'épée ensanglantée, se tenait debout, sur le qui-vive. A ses pieds le cadavre de M. Shuan et celui d'un autre homme montraient que le combat avait été rude.

— J'en ai descendu deux, dit-il. Mais ils vont revenir. A votre poste David, ce n'était qu'un début.

Je rechargeai mes trois pistolets et me remis aux aguets.

Malgré le bruit des vagues j'entendais des bribes de conversation. Manifestement les matelots protestaient contre des ordres qui avaient déjà tué deux des leurs.

Puis je n'entendis plus qu'une sorte de monologue, qui me laissa supposer que quelqu'un exposait un plan qu'on écoutait avec attention. J'en conclus que l'équipage allait revenir à l'assaut et j'en touchai deux mots à Alan.

— Mais qu'ils reviennent ! qu'ils reviennent, je les attends.

Pendant l'action je n'avais pas eu le temps d'avoir peur, mais, à présent que le calme était revenu, j'éprouvai un trouble sentiment d'angoisse. Soudain, j'entendis des bruits de frôlement, tout près de la porte. Les marins prenaient position.

Mais le danger était du côté d'Alan, et je commençai à penser que je n'aurais plus à intervenir, lorsque j'entendis quelqu'un sauter sur le toit, au-dessus de ma tête. Puis il y eut un coup de sifflet et un groupe serré de matelots, sabre d'abordage au poing, fonça sur la porte. Au même instant, le carreau de la

lucarne vola en éclats et je vis un homme rouler sur le plancher.

Avant qu'il ne se soit remis sur pied, je me précipitai et lui coinçai un pistolet dans le dos. Mais la proximité de ce corps vivant me paralysa l'espace d'un instant. L'homme se déroba et me saisit à la gorge en hurlant un juron. En sentant ma vie menacée, le courage me revint brusquement et j'appuyai sur la détente. Il s'écroula avec une horrible plainte. Aussitôt un second gaillard se glissa par la lucarne, m'envoyant un grand coup de pied sur la tête. Je fis volte-face et je lui logeai une balle dans le gras de la cuisse. Il bascula par l'ouverture en poussant un cri de douleur, et tomba près de son camarade. La conscience du danger m'avait fait perdre tout scrupule, et, sans hésiter, je lui logeai une balle dans la tête, à bout portant.

A peine avais-je tiré que j'entendis Alan crier au secours. Il avait pu tenir jusque-là seul contre tous, mais l'un des matelots était parvenu à passer sous son épée et malgré le coup de poignard qu'Alan lui avait donné de la main gauche, il se cramponnait à lui et le gênait dans ses mouvements. Déjà un autre matelot levait son sabre, et je crus Alan perdu, lorsque soudain le blessé s'affaissa. Alan fit un bond en arrière, évita le coup de sabre qui s'abattait sur lui et, comme rendu furieux par cet incident, fondit sur le groupe d'hommes, l'épée haute, en hurlant de toutes ses forces. Il était si terrifiant, que tous ceux que le combat avait épargnés jusqu'alors abandonnèrent brusquement toute résistance et s'enfuirent dans une débandade éperdue. Nous les entendîmes dégringoler l'un après l'autre dans le gaillard d'arrière et claquer le panneau derrière eux. Nous étions sains et saufs et nous avions gagné.

Je tombai dans les bras d'Alan et nous nous embrassâmes comme deux frères, avec une joie telle que je n'en avais jamais éprouvée. Alan exultait.

— Tu as vu comment ils ont filé ? Ah ah ! de vrais lapins. Et je t'assure que cette fois, ils ne sont pas prêts de revenir !

Nous dûmes jeter dehors les cadavres qui jonchaient le sol.

Cette dernière épreuve s'ajoutait aux émotions qui m'avaient bouleversé et m'acheva. Je m'effondrai sur une chaise et je me mis à sangloter nerveusement, avant de fondre en larmes. Alan me posa la main sur l'épaule.

— Tu es brave David, mais tu es encore jeune pour ce genre d'épreuves, tu es épuisé par tout cela. Il faut que tu dormes, installe-toi, je prendrai le premier tour de garde.

Il m'aida à préparer mon lit sur le plancher, et prit le premier quart, un pistolet à la main et l'épée sur le genou. Je pus dormir pendant trois heures, puis il m'éveilla pour que je prenne sa relève. Le jour se leva avant la fin de mon quart. C'était une matinée calme et la mer roulait doucement le navire. Le repos m'avait rendu mon sang-froid. Je jetai un œil au-dehors, et je m'aperçus qu'il n'y avait pas même un homme au gouvernail.

Les matelots, effarés par le nombre de morts et de blessés, s'étaient terrés dans les cales, et ce fut M. Riach et le capitaine qui durent veiller à tour de rôle comme nous le faisions Alan et moi, pour maintenir le brick loin des récifs.

Sur le pont déserté, des mouettes s'étaient posées, d'autres planaient autour du navire. A cette vue, je compris que nous avions dérivé vers une île des Hébrides et, en regardant cette fois par une des portes du corps de garde, j'aperçus les collines de pierre de Skye sur la droite et, un peu plus en arrière, l'étrange île de Rum.

Alan et moi, nous prîmes notre petit déjeuner vers six heures. Notre situation était non seulement agréable, mais réjouissante. Nous avions chassé les officiers de leur cabine et nous disposions de toutes leurs réserves de nourriture et d'alcool. Et, pour ajouter encore au comique de la situation, nous avions condamné les deux plus grands soiffards de l'Écosse, M. Riach et le capitaine, enfermés à l'avant du navire, à boire de l'eau.

— Nous aurons bientôt de leurs nouvelles, dit Alan en riant. On peut empêcher un homme de se battre, mais on ne l'éloigne jamais longtemps de sa bouteille.

Nous nous entendions bien, Alan et moi, et il semblait même me porter déjà une grande affection, sans doute en raison du service que je lui avais rendu, et du combat que nous avions livré ensemble. Il prit un couteau sur la table et coupa l'un des boutons de sa veste.

— Ces boutons me viennent de mon père, Duncan Stewart, je vous donne celui-ci, comme souvenir de la nuit dernière. Partout où vous irez et où vous montrerez ce bouton, les amis d'Alan Breck vous aideront.

Il parlait comme Charlemagne à la tête de ses armées et je ne pus m'empêcher de sourire de sa vanité. Mais il n'en prit pas ombrage, heureusement d'ailleurs, car je n'aurais jamais pu lui tenir tête si nous nous étions querellés.

Après le repas il brossa méticuleusement son habit, ce qui dans la situation où nous nous trouvions me sembla plutôt incongru.

A ce moment, nous entendîmes, venant du pont, la voix de M. Riach qui demandait à parlementer. Je grimpai sur le toit par la lucarne et, assis sur le bord, un pistolet au poing, je lui demandai ce qu'il voulait. Il monta sur un rouleau de cordage pour se hisser au niveau du toit. Nous nous observâmes en silence pendant quelque temps. M. Riach n'avait pas dû prendre beaucoup de risques pendant la bagarre et il n'avait qu'une légère contusion sur la joue. Mais il était visiblement épuisé d'avoir passé la nuit debout, soit pour tenir le quart, soit pour soigner les blessés.

— Quel gâchis ! dit-il finalement en hochant la tête.

— C'est vous qui l'avez voulu.

— Le capitaine voudrait parler à votre ami. Ouvrez donc la fenêtre.

— Et comment être sûrs que nous n'allez pas en profiter ?

— Vous ne risquez pas grand-chose, de toute façon. Les hommes ne nous suivraient pas.

— Vous êtes sûr ?

— Moi-même, je n'en puis plus, et le capitaine est blessé.

Malgré la méfiance qu'il m'inspirait, je le trouvai si mal en point que je pensai pouvoir conclure la trêve, et je lui tendis deux doigts d'eau-de-vie que m'avait fait passer Alan pour me montrer qu'il acceptait le pacte. Peu après nous ouvrîmes la fenêtre au capitaine, comme il était convenu. Il avait un bras en écharpe et il paraissait si défait que je regrettai presque d'avoir tiré sur lui. Alan braqua un pistolet sur lui.

— Laissez donc cela, dit le capitaine. Vous avez ma parole, n'est-ce pas une garantie suffisante ?

— Vous m'aviez déjà donné votre parole hier, et ça ne vous a pas empêché d'essayer de me tuer.

— Allons, dit le capitaine, nous avons

d'autres chats à fouetter. Vous avez tué mon premier officier et plusieurs de mes hommes. Nous retournons à Glasgow et vous aurez à rendre des comptes.

— Je pense que vous ne gagneriez pas à ce que cette affaire soit connue. De toute façon, je n'ai pas de temps à perdre. Vous me déposerez sur la côte comme prévu ou il vous en cuira. Je maintiens le marché que je vous avais proposé : trente guinées pour la côte et soixante pour le Loch Lihnne.

— C'est impossible, aucun de nous ne connaît cette côte. Je risquerais nos vies et mon bateau. Mais nous sommes à quelques heures de navigation de Ardnamuchan, dit Hoseason. Je peux vous y déposer.

— Et j'aurais les habits rouges à mes trousses. Pas question! je ne vous paierai qu'en arrivant chez moi. C'est à prendre ou à laisser.

— Pouvez-vous nous guider? demanda Hoseason.

— Je n'en suis pas sûr, répondit Alan, je ne suis pas marin, moi. Néanmoins, j'ai souvent embarqué et débarqué sur cette côte, et je la connais un peu.

Le capitaine hocha la tête d'un air sceptique. Après avoir réfléchi longuement il reprit :

— Si je n'avais pas perdu tant d'argent dans cette malheureuse croisière, j'aimerais mieux être pendu que de risquer mon brick. Mais j'ai bien besoin de vos guinées. C'est entendu, dès que nous aurons le vent de côté, je mettrai à la voile.

— Ah ! vous voilà devenu raisonnable, capitaine. Je suis heureux que nous soyons d'accord. Et maintenant, parlons d'autre chose. J'ai entendu dire que vous manquiez d'eau-de-vie à l'avant. Je vous propose un autre marché : une bouteille de brandy contre deux seaux d'eau.

Telle fut la dernière clause du pacte conclu entre les deux partis. Et, quelques instants plus tard, nous pûmes laver le corps de garde et effacer les dernières traces du combat tandis que le capitaine et M. Riach retrouvaient les joies de l'ivresse.

Le capitaine n'avait pas de carte et, plutôt que de s'aventurer au milieu des îles, il décida de contourner l'île de Mull par le sud.

Alan et moi nous restions assis dans le corps de garde, toutes portes ouvertes, fumant l'excellent tabac du capitaine. Nous profitâmes de ces moments de paix pour nous conter mutuellement nos aventures passées. J'appris à connaître les Highlands sauvages où j'allais bientôt débarquer. Alan m'enseigna ce qu'un homme devait savoir lorsqu'il s'aventurait sur la lande. Quant à moi, j'évoquai mes mésaventures avec mon oncle, mais quand je prononcai le nom de Campbell, Alan se mit dans une colère effroyable et commença à crier que tous ceux qui portaient ce nom étaient des coquins.

— Sachez que je suis un Stewart de l'Appin et que les Campbell exterminent tous ceux qui portent ce nom. Ils pillent nos demeures et s'emparent de nos biens, et ce par tous les moyens.

— Vous avez tout perdu, vous ?

— Oh moi, je n'avais rien à perdre. Mon père était le plus dépensier des hommes et c'est tout juste s'il m'a laissé de quoi me couvrir. C'est pour cela que j'ai dû m'engager dans l'armée anglaise.

— Quoi ! criai-je. Vous avez servi dans l'armée anglaise !

— Oh pas longtemps ; j'ai vite déserté pour rejoindre les Écossais ; mais il fallait bien que je gagne de quoi survivre.

J'étais outré par son absence de scrupules

mais je ne voulus pas le laisser paraître, j'ajoutai seulement :

— Mais vous risquez la peine de mort !

— C'est vrai, mais s'ils me prennent, j'ai dans ma poche un brevet d'officier signé par le roi de France. Cela me sert de protection.

— Mais pourquoi, alors que vous êtes un rebelle, un déserteur, un homme à la solde du roi de France, venez-vous défier le sort ?

— Je reviens tous les ans depuis 46. La France est belle, mais j'aime mes landes de bruyère. Je viens aussi pour chercher des hommes, des recrues pour le roi de France. Et puis je m'occupe des intérêts de mon chef de clan, Ardshiel. Ce descendant de roi en est réduit à vivre une existence misérable en France. Lui qui a eu quatre cents épées sous son pouvoir et une fortune colossale, je l'ai vu, de mes yeux vu, acheter du beurre au marché d'une petite ville et l'emporter chez lui comme un voleur, tant il avait peur de la honte. C'est moi qui suis chargé de lui porter la rente que tous les fermiers mettent de côté pour lui, bien qu'ils aient déjà à en verser une au roi Georges.

Alan frappant des deux mains sur sa ceinture fit tinter les guinées.

— Ils paient donc deux fois ? demandai-je.

— Oui, c'est un ami de mon père, James des Glens, le demi-frère d'Ardshiel qui ramasse l'argent, au nez et à la barbe du Renard-Rouge. Ce chien de Campbell.

L'expression féroce qu'avait prise Alan m'impressionnait, mais je n'hésitai pourtant pas à le questionner.

— Après la bataille de Culloden où nous avions été vaincus, Ardshiel se réfugia avec toute sa famille dans les landes. Les Anglais n'eurent aucune pitié. On décida que les hommes de nos clans ne pourraient plus porter les armes de leurs ancêtres. Quiconque portait un plaid avec le tartan de son clan, ou un kilt, courait le risque d'être emprisonné.

C'est alors que Colin de Glenure, dit le Renard-Rouge, jugeant que ces mesures n'étaient pas assez sévères, décida au nom du roi Georges d'accabler de charges la terre d'Appin. Lorsqu'il apprit que malgré tous ses efforts les fermiers trouvaient le moyen de verser une seconde rente, il n'y eut plus de limite à son acharnement. Il voulait qu'Ardshiel meure de faim et de misère. Il traqua tous les fidèles, les chassant de leurs fermes, et fit venir ses hommes pour les y installer.

— Mais comment se fait-il que sur ces terres qui sont couvertes de troupes et gardées comme une ville assiégée, vous puissiez encore circuler sans vous faire prendre ?

— Tout d'abord, il est assez facile de se cacher en ce pays, d'autant que j'ai des amis partout. Ensuite la situation s'est arrangée depuis 46. Les Highlands sont, comme on le dit, « pacifiées ». Il n'empêche que je donnerais cher pour que Colin le Rouge croise sur sa route un homme assez courageux pour l'abattre !

CHAPITRE VI

NAUFRAGÉ SUR L'ILE DE MULL

Un soir où nous étions en grande conversation, Alan et moi, le capitaine passa la tête par la porte ; il était pâle et semblait très préoccupé.

— Eh ! dit-il, venez donc voir si vous pouvez me guider.

— Qu'est-ce que vous manigancez encore ? demanda Alan, méfiant.

— Je vous en prie, faites-moi confiance, le brick est en danger.

Il avait l'air si affolé que nous comprîmes qu'il ne s'agissait pas d'un piège, et que nous sortîmes sur le pont.

Pourtant, tout paraissait normal. Le brick

fendait les lames, sans que le roulis ou le tangage ne l'arrête ou le détourne. Mais comme il s'élevait au sommet d'une lame, nous vîmes devant nous une ligne d'écume ; c'était sans aucun doute une barrière de brisants.

— Je crois, dit Alan, que ce sont les Torran Rocks, des brisants qui couvrent près de dix milles d'étendue.

M. Riach et le capitaine se regardèrent, effarés.

— Y a-t-il un passage ? demanda le capitaine.

— Sans doute. Je crois qu'il faut se rapprocher de la côte pour pouvoir les contourner.

M. Riach monta à la hune de misaine pour crier les consignes que lui donnait Alan. Il fallait louvoyer entre les écueils. Le brick finit par dépasser Iona et atteignit la hauteur de Mull. M. Riach annonça que la mer était dégagée devant nous.

— Vous aviez raison, dit Hoseason à Alan. Vous avez sauvé le brick. Je m'en souviendrai en temps voulu.

Mais c'était crier victoire un peu vite, car, à ce moment là, une lame d'une extraordinaire violence s'empara du brick, qui, emporté comme un fétu de paille, heurta un récif isolé, que M. Riach n'avait pas vu. Le choc nous jeta à plat ventre sur le pont.

Je me relevai aussitôt. Et j'eus le temps de voir que nous étions au sud-ouest de la pointe de Mull, en face de l'îlot Earraid.

Des paquets de mer déferlaient sur le pont. Le brick s'enfonçait peu à peu, tandis que la coque craquait en frottant sur le rocher. Étourdi par le claquement des voiles et le bruit sourd que faisait l'eau en retombant sur le pont, je perdis la tête. Je restai planté là, observant sans pouvoir bouger M. Riach et les marins qui s'affairaient autour de la yole. Elle se trouvait au milieu du pont, enfouie à demi sous les cordages.

Les blessés eux-mêmes vinrent à la rescousse, sauf les plus touchés que nous entendions crier au secours de leurs couchettes.

Le capitaine semblait lui aussi frappé de stupeur. Debout près des étais, il parlait tout seul, et grommelait chaque fois qu'il entendait craquer la coque du brick. En regardant les hommes s'affairer autour de la yole, je repensai à une phrase d'Alan :

— Ce pays est le plus mauvais qui soit pour moi. C'est la terre des Campbell.

A ce moment là, un des matelots blessé cria :

— Accrochez-vous ! Tenez bon !

Une lame plus grosse et plus forte que les autres souleva le brick et le poussa loin des rochers. La secousse fut si rude que je fus projeté par-dessus bord. Je m'enfonçai et l'eau m'emplit la bouche et le nez. Je remontai à la surface suffoquant et toussant. Mais à peine avais-je eu le temps de reprendre mon souffle que je fus à nouveau submergé. J'étais sur le point de perdre connaissance, lorsque je parvins à m'accrocher à un débris, que la vague avait arraché au navire. Peu à peu je retrouvai toute ma lucidité. Mais j'avais été entraîné très loin du navire. Et j'étais trop éloigné pour que l'on entende mes appels au secours. Ma seule chance était de gagner la côte, qui était proche. Il me fallut une heure pour arriver dans la baie d'Earraid, qui était sablonneuse et entourée de collines basses. La mer y était très calme, mais le site était désert et lugubre. Épuisé comme jamais je ne l'avais été, je pus enfin prendre pied sur la plage et abandonner le morceau de bois sans lequel je n'aurais pas échappé à la noyade.

La nuit était tombée et, contrairement à

ce que j'avais pensé en reprenant pied, j'étais loin d'être au bout de mes épreuves. Pour ne pas mourir de froid, je dus arpenter la plage, trempé des pieds à la tête et grelottant. Le bruit des lames qui se brisaient au loin dans un grondement terrible me terrorisait, et me remettait sans cesse en mémoire les événements qui venaient de se produire.

Qu'étaient devenus les autres ? Alan surtout ?

Au lever du jour, j'escaladai la colline qui dominait la plage, trébuchant de fatigue entre les blocs de granit. Au sommet je ne vis aucune trace ni du brick ni de la yole, aussi loin que je pus regarder, sur la mer.

La faim me tenaillait l'estomac. Je marchai vers l'est, le long de la côte sud dans l'espoir de trouver une habitation. Mais bientôt, j'arrivai en bordure d'une sorte de lagon qui me séparait de l'autre partie des terres. Après avoir essayé de traverser la crique où je faillis me noyer, je me souvins de l'épave qui m'avait permis de gagner la côte. Je revins sur mes pas jusqu'à la crique où j'avais pris pied. Mais je jouais de malchance, car mon épave avait été emportée par une vague et flottait au milieu de la baie, loin de la plage.

Le sable lisse et ferme descendait en pente douce et j'eus l'espoir pendant quelques instants de pouvoir m'avancer assez loin sans perdre pied pour pouvoir la saisir. Je ne renonçai que lorsque je perdis pied et que je compris que je ne pourrai pas l'atteindre.

Jusqu'à ce moment, j'avais su faire preuve de courage. Mais, en revenant sur la plage je sombrai dans le désespoir et m'effondrai sur le sol en pleurant. Je n'avais ni outils ni vivres et, ayant été élevé loin de la mer, je n'en connaissais pas les secrets. Je restai longtemps assis à sangloter, convaincu que j'étais perdu.

Pourtant, j'éprouvais une telle faim que finalement je sortis de mon hébétude et me décidai à chercher des coquillages.

Sur les rochers, je trouvai des palourdes et des bigorneaux. J'étais si affamé, que je les mangeai avec appétit et que je me sentis réconforté par ce repas sommaire. Mais je n'avais pas mangé depuis si longtemps, qu'à peine avais-je regagné la plage, que je fus saisi de vertiges et de nausées tels que je dus m'allonger pour ne pas me trouver mal. Cependant ce repas m'avait redonné des forces, je dormis mieux car mes vêtements avaient séché et que je souffris moins du froid.

Le lendemain, je parcourus mon territoire dans tous les sens. Mais il n'y avait pas trace d'habitation, ni même de vie.

Face à une baie donnant sur un bras de mer qui me séparait de l'autre partie de l'île et d'où je voyais au loin Iona, puis, plus loin encore, le plat pays du Ross. Les fumées montant des cheminées laissaient supposer l'existence d'habitations.

Éprouvé par la solitude, et heureux de sentir cette présence pourtant lointaine, je passai des heures à mon poste d'observation. La seconde journée s'écoula sans que j'ai d'autre consolation. La pluie ne s'arrêta que dans l'après-midi du troisième jour.

Ce jour là, les événements se succédèrent. Dès l'aube je vis un daim rouge, portant une belle paire d'andouillers. Je m'approchai de lui, mais il s'enfuit du côté opposé aussitôt. Je m'étonnai de le trouver là et je me demandai comment il avait pu venir jusqu'à l'île

Un peu plus tard, en ramassant des patelles, je vis tomber à mes pieds une pièce d'or qui rebondit jusqu'à la mer. Les marins avaient oublié, en me rendant une partie de mon argent de me redonner la bourse de cuir de mon père. Au cœur de mon dénuement, la malchance me poursuivait. Ma poche s'était trouée. Ainsi, il ne me restait plus que deux guinées et un shilling d'argent.

J'étais démoralisé, mais le pire ne s'était pas encore produit. J'avais repéré un rocher plat assez élevé. J'y revenais assez souvent pour observer la passe. Dès que le soleil reparut, je vins m'étendre sur le rocher pour prendre le soleil, et j'en éprouvai un immense réconfort. Soudain, alors que je commençai à m'assoupir, je vis arriver un coble à voile brune. Les deux pêcheurs qui étaient à bord ne répondirent pas à mes appels. Pourtant ils étaient tout prôches puisque je voyais même la couleur de leurs cheveux. Ils m'avaient bien vu puisqu'ils me crièrent quelque chose en gaëlique et en rirent, comme s'ils se moquaient de moi. La barque continua son chemin en direction de Iona. Je n'arrivais pas à croire à une telle méchanceté. Lorsque je fus remis de ma colère, je décidai de manger. Mais j'étais si contrarié que je fus plus malade encore qu'au premier jour et que je perdis tout bonnement connaissance.

Lorsque je revins à moi, j'éprouvais une impression d'épuisement. A la position du soleil, je compris qu'une nuit s'était écoulée depuis que j'avais sombré dans l'inconscience. J'entamai ma quatrième journée sur l'île. Je repris mon poste sur mon rocher plat et, à nouveau, je vis la barque au loin, sur la passe.

J'étais partagé entre l'espoir et la peur, à tel point que je fermai les yeux et comptai jusqu'à cent avant de regarder à nouveau dans sa direction. La barque approchait et je reconnus les hommes de la veille. Mais il y avait un troisième personnage qui paraissait être leur passager. Ils amenèrent la voile, mais, malgré mes appels, ils ne s'approchèrent pas. Le troisième homme se leva, et me tint un long discours que je ne compris pas. Je lui criai que je ne comprenais pas le gaëlique. Sur ce, il se mit dans une colère noire, hurlant qu'il parlait anglais, et non gaëlique, puis recommença à me donner des consignes en gesticulant.

En écoutant avec plus d'attention je parvins à saisir le mot « quelconque », puis je retins le mot « marée ». Il me montrait la terre de Ross. J'eus soudain une illumination. Sans plus m'attarder, je tournai les talons, et en moins d'une demi-heure, j'avais traversé l'île. J'arrivai à la crique que m'avait montré le passager et où j'étais déjà venu. Je n'avais de l'eau que jusqu'aux genoux et je pus la traverser sans encombre. Lorsque j'atteignis l'autre rive, j'en pleurais de joie. Un garçon élevé au bord de la mer ne serait pas resté plus d'un jour à Earraid. Je n'étais venu là qu'à marée haute, ignorant tout du mouvement de va-et-vient de la mer. Les pêcheurs avaient été surpris par mes appels au secours et ils étaient revenus pour m'aider, après avoir cru à une plaisanterie. Ainsi j'étais resté affamé frigorifié et affolé pendant cent heures, dans cet ilôt, par pure ignorance.

Le Ross de Mull ne valait guère mieux que l'île d'où j'arrivais. Le paysage était aussi sinistre et désertique. Mais j'avais un objectif qui me donnait du courage : les maisons dont j'avais vu fumer la cheminée. Fatigué par les privations que je venais d'endurer et retardé par le mauvais état des chemins, je n'y arrivai que vers six heures du soir.

Devant une maison longue et basse, un vieux gentilhomme à l'allure sévère, assis sur un remblai, fumait sa pipe au soleil.

Chose étonnante, il savait ce qu'il était advenu de mes compagnons, car, le lendemain du naufrage, certains s'étaient arrêtés dans cette maison pour y manger un morceau. Tout l'équipage avait accosté sain et sauf à bord de la yole.

Le vieil homme me dit se souvenir plus précisément de l'un d'entre eux, qui portait culottes et bas, alors que tous les autres avaient des pantalons de marins. J'allai lui demander s'il connaissait son nom lorsqu'il se frappa le front et me dit :

— Vous n'êtes pas le garçon au bouton d'argent ?

— Si, répondis-je un peu surpris.

— Alors, j'ai un message pour vous. Vous devez rejoindre votre ami Alan Breck dans son pays, près de Torosay.

A sa demande, je lui contai mes aventures qu'il écouta gravement et avec sympathie. A la fin, il me prit par la main et me faisant entrer dans sa demeure, il me présenta à son épouse comme si elle était reine et moi duc.

Pendant tout le repas, arrosé d'un excellent punch, je me crus dans un palais, tant la différence était grande avec ce que j'avais vu depuis son embarquement sur le brick.

Le lendemain, après un sommeil réparateur et sans rêves, je repris ma route aux environs de midi.

J'étais non seulement parti tard, mais en

plus, je me trompai de chemin. Je rencontrai beaucoup de monde. La plupart des gens que je croisai, étaient de pauvres agriculteurs qui travaillaient sur leur petit arpent de terre. Ils étaient tous vêtus différemment, car ils n'avaient pas le droit de revêtir le costume des Highlands, interdit depuis la Rébellion. Tous étaient d'une extrême dignité, malgré leur pauvreté apparente, jusqu'aux mendiants qui prétendaient, par pudeur sans doute, ne faire la quête que pour s'acheter du tabac à priser.

Ils ne parlaient pas l'anglais dans l'ensemble, et lorsque je parlais de Torosay, au lieu de m'indiquer la direction, ils se lançaient dans une ahurissante tirade en gaëlique, à laquelle, je ne comprenais rien. Tout cela ne m'aida pas à trouver mon chemin.

Vers huit heures du soir, je réussis à me faire offrir l'hospitalité dans une maison isolée, en montrant une pièce d'une guinée au maître des lieux. Par chance, il connaissait l'anglais. Il me donna, moyennant cinq shillings, le gîte pour la nuit et m'offrit de me servir de guide jusqu'à Torosay.

Je dormis mal, craignant d'être volé. Mais mon hôte, ne semblait pas m'avoir tendu un piège, et rien ne se passa. Le lendemain, nous dûmes aller à six kilomètres de là chez un usurier, pour changer mon argent qui n'avait pas cours dans ce pays. Malheureusement, notre homme avait préparé, pour nous faire bon accueil, un punch et mon gredin de guide y fit si bien honneur qu'il ne put partir.

Je dus rester assis à table, pour les écouter brailler des toasts jacobites et des chants gaëliques, jusqu'au moment où tous, éméchés, partirent se coucher.

Le lendemain, nous fûmes debout à cinq heures. Mais mon guide se remit à la bouteille, et ce n'est qu'à trois heures de l'après-midi que nous pûmes partir.

Tout alla bien tant que nous restâmes dans le vallon plein de bruyère qui s'étendait en deça de la maison de notre usurier. Mais mon guide regardait sans cesse en arrière et il me répondait par une grimace lorsque je lui demandais pourquoi il semblait inquiet. A la crête d'une colline nous perdîmes définitivement de vue la maison. Mon guide me montra alors un autre sommet, me disant que j'avais là, devant moi, un bon point de repère pour suivre le chemin qui menait à Torosay.

— Que m'importe, dis-je, puisque vous

m'accompagnez, de savoir comment me repérer.

A ces mots, il s'assit et, sans façon, refusa d'aller plus loin, soutenant qu'il ne m'avait jamais promis de m'accompagner jusqu'au bout. Après une longue discussion, je lui donnai deux shillings de plus et il se remit en marche. Mais cela ne nous mena que deux milles plus loin. Il s'assit à nouveau au bord de la route, et retira ses chaussures pour bien me montrer que cette fois, sa décision était sans appel.

Ivre de colère, je lui criai :

— Vous n'allez quand même pas me dire que vous n'avez pas compris, cette fois.

— Si, répondit-il avec un sourire moqueur.

Ma rage était telle que je levai la main sur lui, menaçant. Alors, il se leva d'un bond, et sortit un couteau de sous ses haillons, se campant solidement sur ses deux pieds, prêt à frapper. Cette fois, j'oubliai toute prudence, et je fonçai sur lui, rejetant son couteau de la main gauche, et le frappant à la figure de la main droite. Par bonheur, l'arme lui échappa dans sa chute. Sans lui laisser le temps de se remettre de sa surprise, je ramassai couteau et chaussures et détalai, l'abandonnant pieds nus et sans armes, au bord du chemin.

Après une demi-heure de marche, je dépassai un homme de haute taille vêtu de guenilles. Il marchait assez vite, tatônnant devant lui avec un bâton. C'était un aveugle. Je m'approchai de lui pour lui demander s'il n'avait besoin de rien. Il me répondit qu'il se débrouillait assez bien tout seul, mais qu'il serait ravi de faire la route en ma compagnie. J'apris peu après qu'il était catéchiste. Pourtant son aspect sinistre, dangereux et secret prévenait contre lui, d'autant que j'aperçus la crosse d'acier d'un pistolet sortant de la poche de son manteau. Que pouvait bien faire un aveugle avec un pistolet ?

Il me dit qu'il connaissait l'île de Mull dans ses moindres recoins, et qu'il allait m'accompagner jusqu'à Torosay. Puis il essaya par une série de questions détournées de savoir d'où je venais, si j'étais riche et ce que j'allais faire là bas. J'étais de plus en plus sur mes gardes. Chaque fois qu'il me serrait d'un peu près, je me dérobais, maintenant entre nous une certaine distance pour qu'il ne puisse pas me surprendre.

Soudain, il jura en gaëlique, et essaya de

me faire trébucher sur son bâton et tomber. Je fis un bond sur le côté et je lui dis d'un ton mordant que j'étais moi aussi armé et que s'il ne me laissait pas en paix, je lui ferais sauter la cervelle.

Aussitôt, il devint très poli, essaya de m'amadouer puis, voyant que c'était peine perdue, s'éloigna. Je l'observai jusqu'à ce qu'il disparut dans le vallon voisin, puis repartit vers Torosay heureux comme rarement je l'avais été d'être seul.

Enfin, j'arrivai à Torosay et je m'arrêtai à l'auberge pour me sustenter et prendre un verre. Le patron était un homme charmant. Voyant que j'avais une certaine instruction, il vint bavarder avec moi et s'amusa à me parler français puis latin, pour voir si je possédais bien ces langues. Cette rivalité bon enfant nous mit vite sur un pied d'amitié. Il nous fit servir un punch, et je crus pouvoir lui montrer le bouton d'Alan. Mais il ne sembla pas comprendre le sens de mon geste. Par la suite, il tint d'ailleurs des propos agressifs contre le clan des Ardshiel et je n'insistai pas devinant de quel bord il était.

Lorsque je lui parlai de mon catéchiste il

hocha la tête et me dit que j'avais de la chance d'en avoir été quitte pour si peu.

— C'est un homme très dangereux. Il s'appelle Duncan Mackiegh, et peut tirer au son à plusieurs mètres. Il a déjà été accusé de vol à main armée, de brigandage et même d'assassinat.

— Le comble, c'est qu'il se dise catéchiste !

— Il l'est ! c'est un Maclean de Duart qui l'a nommé. Il ne connaissait pas le personnage et trouvait que sa cécité le mettait à l'abri des tentations.

Sur ces mots, l'aubergiste se leva, déclara qu'il était bien tard, et me conduisit à ma chambre. Ce fut avec un plaisir sans bornes que je m'allongeai après quatre jours de marche, et que je sombrai dans le sommeil.

CHAPITRE VII

LA MORT DU « RENARD-ROUGE »

Un bac assure la traversée régulière entre Torosay et Kinlochaline sur le continent. Les deux rives de la passe se trouvent sur le territoire du clan puissant des Macleans. Beaucoup de passagers appartenaient d'ailleurs à ce clan.

Faute de vent, le bateau avançait à la rame. Les passagers aidaient les matelots à soutenir la cadence, en chantant à pleine gorge. La gaieté était générale, et le soleil qui brillait haut dans le ciel contribuait à créer une atmosphère de fête.

A l'embouchure du Loch Aline, un vaisseau de haute mer était à l'ancre. Je crus d'abord qu'il s'agissait d'un des croiseurs du roi chargés d'intercepter les Français. Le pont était noir de monde, et des canots faisaient la navette du navire au rivage, où se pressait une foule qui se lamentait et gesticulait.

Voyant cela, je compris que c'était un bateau d'émigrants en partance pour les colonies d'Amérique. Le bac se rangea le long du vaisseau et mes compagnons reconnurent des amis parmi ceux qui pleuraient et tendaient les bras. Plus personne ne pensait à ramer, et tous semblaient avoir perdu la notion du temps. Il fallut que Neil Roy, propriétaire et capitaine du bac rappelle son équipage à l'ordre pour que notre bateau s'ébranle à nouveau.

On se remit à chanter mais sur un air mélancolique : « Loch Aber, je ne te verrai plus. »

Le chant, repris par tous, s'éleva des quais, et du grand navire, comme s'il se fût agi d'une messe mortuaire.

A Kinlochaline, je pris à part Neil Roy et lui dis que je voulais m'assurer qu'il était un homme d'Appin.

— Je cherche quelqu'un, et j'ai de bonnes raisons de penser que vous avez eu de ses nouvelles. Il s'appelle Alan Breck Stewart.

Sur ces mots, au lieu de lui montrer mon bouton d'argent comme j'aurais dû le faire, je lui glissai un Shilling dans la main. Il fit un pas en arrière :

— Comment ! Monsieur. Ce n'est pas ainsi qu'on s'adresse à un Gentleman. L'homme que vous cherchez est en France. Et seriez-vous riche à millions, je ne le vendrai jamais.

Je voyais bien que je m'étais mal fait comprendre et sans perdre de temps en excuses, je lui montrais le bouton au creux de ma main.

— Ah ! voilà qui est tout différent ! Il fallait commencer par là, mon ami. J'ai cru que vous en aviez après Alan. J'ai pour mission de vous conduire sain et sauf à bon port. Veuillez m'excuser de vous le dire sans détours, mais il est un nom que vous ne devez jamais prononcer : celui d'Alan Breck. Et puis, évitez de proposer votre maudit argent à ceux qui sont là pour vous aider, il n'y a rien de plus humiliant.

Neil Roy n'avait plus que le souci de me voir partir et de me mettre sur la bonne voie. Il me donna toutes les indications pour traverser ce pays dangereux qu'il connaissait bien. Il me conseilla en particulier d'être aussi discret qu'un voleur et d'éviter les Whigs, les Campbell et les soldats rouges.

Ma première étape fut l'auberge de Kinlochaline. Il était difficile de trouver logis moins accueillant. J'espérais pouvoir m'installer dehors mais un violent orage, inondant tout aux alentours, me contraignit à accepter de passer une nuit dans cette affreuse porcherie.

Tôt le lendemain matin, je rencontrai sur ma route un petit homme à l'allure solennelle. Lui aussi était catéchiste et bientôt, nous nous découvrîmes des relations communes. Il se nommait Henderland et connaissait bien le pasteur d'Essendean.

En cours de route il s'arrêtait pour parler à chacun et il me parut très aimé. Souvent on lui offrait une prise de tabac. Je lui parlai de mes affaires, de ma prochaine étape, Balachulish, pour ne pas lui donner de soupçons en citant mes objectifs : Aucharn et Duror.

Dans ses opinions, il me parut très modéré et je le lançai sur le Renard-Rouge et les tenanciers d'Appin.

— Triste affaire ! Où les tenanciers trouvent-ils l'argent ? James Stewart de Duror ne plaisante pas. Il est le demi-frère d'Ardshield, le capitaine du clan. Il y a enfin cet Alan Breck…

— Ah ! m'écriai-je. Que savez-vous de lui ?

— Que sait-on du vent qui souffle où il veut ? répondit Henderland. Un jour là, un jour ici. Alan Breck est le bras droit de James des Glens. Il est sans scrupule et sa tête est mise à prix.

— Quel triste portrait ! dis-je.

— Oh ! par certains côtés, c'est aussi un homme de bien, pas très chrétien, mais noble chevalier, et fort respectable, bien qu'il verse le sang humain. Mais vous pensez que j'ai tort d'être partisan des Highlanders, dit-il en souriant.

— Mais pas du tout ! et j'en ai connu d'autres qui étaient de ce parti. M. Campbell, pour commencer ; et c'est un homme pour qui j'ai la plus grande admiration.

— Oui, dit-il. Il est de bonne race.

— Que va faire l'agent du roi ? dis-je.

— A ce que j'ai entendu dire, il a obtenu le droit d'expulser les tenanciers.

— Oui ! Mais il y a des hauts et des bas. Ainsi James des Glens est allé à Edimbourg et a obtenu de l'avocat (un Stewart naturellement) que la procédure soit suspendue. Colin Campbell est revenu à la charge et a gagné devant les Barons de l'Échiquier. Demain doivent commencer les expulsions à Duror, sous les fenêtres de James des Glens ! Ce qui ne me paraît pas très malin.

— Ils se battront ? demandai-je.

— Bah ! dit Henderland. En principe les partisans de James des Glens n'ont plus d'armes et Colin Campbell aura une escorte de soldats. Mais si j'étais sa femme je ne serais tranquille qu'à son retour à la maison. Les Appin Stewart sont de drôles de clients !

— Pire que leurs voisins ! risquai-je.

— Non ! et c'est le plus navrant ! si Colin Campbell réussit en Appin il devra tout recommencer chez les Camerons dans le Mamore. Franchement, M. Balfour, s'il y échappe ici il sera tué là-bas !

Après une longue marche, nous arrivâmes vers le soir chez M. Henderland qui me proposa de me loger pour la nuit. J'acceptai avec joie. A peine le pasteur avait-il passé la porte qu'il se précipita sur un pot à tabac et prit plusieurs prises. Il éternua violemment puis, se tournant vers moi :

— J'ai fait le vœu de ne pas avoir de tabac

sur moi, vous ne pouvez pas savoir combien cela me manque.

Après un dîner frugal, il me parla de mon âme devant Dieu. Je fus si ému par sa bonté et son humilité, que j'en pleurai. Il m'offrit, avant d'aller au lit, six pence pour m'aider en cours de route. Je ne savais que faire, mais finalement, il fut si pressant que je crus plus poli d'accepter.

Le lendemain, M. Henderland trouva un patron de barque qui partait pêcher, dans l'après-midi sur les rives d'Appin. L'homme acceptait de me prendre. Ainsi il m'épargnait une longue journée de voyage et le prix de deux passages en bac.

Nous partîmes vers midi. La mer, très profonde, était étale. Avec ses montagnes noires tombant à pic sur chaque rive le pays d'Appin si cher à Alan paraissait bien sauvage.

A un moment, le soleil, tombant droit sur la rive nord, y alluma d'étranges reflets métalliques. Le patron de la barque me dit que ce devait être les troupes anglaises venant de Fort-William contre les fermiers d'Appin, dont les armes réfléchissaient la lumière du soleil. C'était la seconde fois que je voyais les soldats du roi Georges et je ne les aimais pas.

Nous arrivâmes finalement près d'une langue de terre avançant à l'entrée du Loch Leven et je demandai à être débarqué là. Le batelier décida de me déposer juste au-dessous du bois de Lettermore, dans le pays d'Alan. C'est dans ce bois de hêtres que je m'assis pour manger un peu du pain d'avoine que m'avait donné M. Henderland et pour réfléchir à ma situation. J'hésitais à rejoindre un hors-la-loi qui était peut-être un assassin.

Soudain, j'entendis un bruit qui venait du bois et, peu après, quatre voyageurs apparurent au tournant de la route. Le chemin était si étroit et si mauvais à cet endroit que les hommes avançaient en file, tenant leurs chevaux par la bride. Le premier, un grand gentleman aux cheveux roux, éventait de son chapeau son visage congestionné et ruisselant de sueur. Le second, vêtu de noir et coiffé d'une perruque noire devait être notaire. Le troisième était un serviteur qui portait, malgré l'interdiction, le tartan des Argyles ou des Campbell. Sur son cheval ballottaient un gros sac et un filet de citrons pour préparer le punch. Le quatrième ressemblait à un huissier.

Sans savoir pourquoi, je me décidai à continuer mon équipée, et lorsque le premier arriva à ma hauteur je sortis des fougères pour lui demander la route d'Aucharn. Il s'arrêta et m'examina d'une manière étrange, puis il se tourna vers le notaire.

— Murgo, dit-il, pour beaucoup, ceci serait un avertissement.

— Glenure, dit l'autre, ne plaisante pas avec ces choses-là.

Les deux hommes s'étaient maintenant approchés de moi et me regardaient fixement tandis que leurs compagnons restaient en retrait.

— Qu'allez-vous chercher dans Aucharn ? dit l'homme roux.

A la couleur de ses cheveux et au nom que lui avait donné son compagnon, j'avais compris que cet homme n'était autre que Colin Campbell de Glenure, dit le « Renard-Rouge ».

— L'homme qui y habite, dis-je.

— James des Glens, dit Glenure pensif.

Puis il demanda au notaire.

— Croyez-vous qu'il soit de la partie, il est bien jeune...

— En tout cas, répliqua le notaire, nous ferions bien de ne pas aller plus loin et

d'attendre les soldats qui doivent nous rejoindre.

— Si c'est moi qui vous préoccupe, dis-je, je ne suis ni de ses partisans, ni des vôtres. Je suis un honnête sujet du roi Georges, ne devant rien à personne et ne craignant personne.

— Très bien parlé, répliqua l'agent du Roi. Mais puis-je avoir l'audace de demander que fait si loin de son pays cet honnête sujet que vous êtes ? Pourquoi va-t-il chez le frère d'Ardshiel ? Mon autorité d'agent du Roi s'étend ici sur plusieurs domaines et je dispose de douze sections de soldats ; je suis en droit d'attendre une réponse plus précise.

— J'ai entendu dire, effectivement, que votre autorité était très étendue, trop même.

Il me regardait toujours comme s'il avait un doute.

— Eh bien ! dit-il, votre langage est audacieux mais je ne suis pas ennemi de la franchise. Vous m'auriez demandé, n'importe quel autre jour, de vous indiquer le chemin de la maison de James Stewart, je l'aurais fait en vous souhaitant bon voyage. Mais aujourd'hui... Hein, Murgo ? et il se tourna de nouveau vers le notaire.

Au moment même où il se retournait, un coup de feu partit d'un peu plus haut sur la colline et Glenure s'écroula sur la route.

— Je suis mort ! s'écria-t-il.

Le notaire l'avait relevé et le tenait dans ses bras. Glenure, blessé à mort, regardait maintenant ceux qui l'entouraient. Le ton sur lequel il parla était bouleversant.

— Prenez garde, dit-il. Je ne puis plus rien pour vous.

Il essaya d'écarter ses vêtements comme s'il voulait nous montrer sa blessure, mais ses doigts glissèrent sur les boutons. Il poussa un profond soupir, sa tête roula sur son épaule et il rendit l'âme.

Le notaire qui n'avait rien dit était aussi blanc que le mort ; le serviteur pleurait et criait comme un enfant. Quant à moi, je restai là, pétrifié d'horreur.

L'huissier, dès la détonation, était revenu vers les soldats pour hâter leur arrivée. Finalement, le notaire laissa glisser le cadavre au sol, pour l'allonger ; il se releva en chancelant. Ce geste me tira de mon hébétude, et je me précipitai vers la pente pour la gravir en criant :

— A l'assassin ! A l'assassin !

Tout cela se passa très vite et, en arrivant au sommet de la hauteur d'où j'avais vue sur la montagne, j'aperçus le meurtrier non loin de là.

C'était un gros homme vêtu de noir ; il portait une carabine.

— Le voici, criai-je. Je le vois.

L'homme jeta un rapide coup d'œil en arrière, et se mit à courir. Un instant plus tard, il bondit derrière une bordure de hêtres, reparaissant un peu plus haut, grimpant, avec l'agilité d'un singe, la pente abrupte. Il disparut bientôt derrière un repli de terrain.

Pendant tout ce temps, j'avais couru de mon côté et j'étais monté assez haut lorsqu'une voix me cria d'arrêter.

J'étais alors en terrain dégagé et je voyais, au-dessous de moi, toute la colline.

Le notaire et l'huissier se trouvaient un peu au-dessus de la route, criant et me faisant signe de revenir ; mais sur leur gauche les habits rouges, fusil au poing, commençaient l'escalade.

— Pourquoi revenir, criai-je. Venez plutôt !

— Dix pounds si vous attrapez ce garçon !

s'écria soudain le notaire. Ainsi il m'avait cru complice et voulait me faire arrêter ou tuer peut-être... Je sentis une terreur sourde monter en moi.

Les soldats se déployaient en courant et certains me mettaient déjà en joue. Mais j'étais incapable du moindre mouvement. La peur me paralysait.

— Plongez au milieu de ces arbres, me dit alors une voix toute proche.

J'obéis sans savoir ce que je faisais, juste au moment où les balles sifflaient entre les hêtres. A l'abri des arbres, je trouvai Alan Breck, debout, une canne à pêche à la main. Il se contenta de dire : « Venez ! » Et je le suivis, comme un mouton, en courant à flanc de colline vers Balachulish.

Alan s'arrêtait parfois dans sa course pour regarder en arrière. Nous entendions au loin les cris hostiles des soldats.

Un quart d'heure après, Alan se jeta à plat ventre et se tourna vers moi.

— Maintenant, dit-il, c'est sérieux ; Faites comme moi, si vous voulez sauver votre peau.

Et, à la même vitesse, mais cette fois-ci avec beaucoup de précautions, nous revînmes sur nos pas jusqu'au bois de hêtres de Lettermore. Lorsqu'Alan s'arrêta enfin et s'accroupit, je me laissai tomber à côté de lui, épuisé.

CHAPITRE VIII

LA MAISON DE LA PEUR

— Chaude poursuite ! David, dit-il.

J'étais persuadé qu'il était l'auteur du meurtre. Ainsi, le seul ami que j'avais dans ce pays sauvage était un criminel. Il me faisait horreur.

— Es-tu encore fatigué ?

— Non ! Mais je crois que nous ferions mieux de nous séparer.

— Oh ! là ! David, pas sans raison ! répliqua Alan d'un ton grave. Vous a-t-on dit quelque chose contre moi ? et si c'est le cas, quoi donc ?

— Alan, dis-je. Vous savez très bien que

je pense à Glenure. Vous venez de l'assassiner.

— Allons David, ne sois pas idiot. Si j'avais voulu tuer cet homme, crois-tu que je l'aurais fait ici, dans mon pays, pour que la vengeance s'abatte sur mon clan ? Et puis, tu vois bien que je n'ai que mon épée.

— C'est vrai !

— Et maintenant, continua Alan, sortant son épée et posant sa main sur la lame :

— Je jure sur le Saint Acier ne pas avoir pris part à cette affaire de quelque façon que ce soit !

— Je vous crois Alan. Et vous ne pouvez pas savoir combien je suis heureux de vous entendre parler ainsi.

— Que d'histoires pour un Campbell ! Moins il y en aura, mieux je me porterai !... Ne m'en voulez pas de parler ainsi, David, vous savez quelle haine je leur porte.

Je gardai le silence pendant un moment.

— Connaissez-vous l'homme à l'habit noir ?

— Il est passé très près de moi, mais juste au moment où je relaçais mes chaussures, et je l'ai mal vu.

— Mais Alan, pourquoi avoir fui si vous

étiez innocent ? A votre place, je n'aurais pas craint la justice de mon pays.

— Ce n'est pas mon pays. Et je n'aurais pas été jugé par les gens de mon pays.

— C'est quand même l'Écosse, dis-je.

— Oui, mais l'Écosse des Campbell ! On m'aurait jugé à Inverara, leur capitale, et le jury n'aurait pas compté un seul Stewart. Vous appelez çà une justice David ? Celle qu'a rencontrée Glenure sur la route !

Ces paroles me firent frémir.

— Oh ! et puis, je m'étonne de ta rigueur. Il est pourtant bien connu que les Whigs sont gens accommodants et ne s'embarrassent pas de scrupules ! dit Alan en souriant.

A l'entendre parler sur ce ton de moquerie, je ne pus m'empêcher de rire. Sa mauvaise foi était si bon enfant qu'elle incitait à la gaieté :

— Ah voilà qui est mieux, dit-il ! Alors laissez là vos principes et vos illusions et suivez mes conseils. Croyez-moi, il vaut mieux fuir comme si l'on était coupable que d'être jeté dans un cachot par les habits-rouges.

— Où allons-nous ?

— Vers les Basses-Terres !

— J'irai avec vous, Alan !

— De toute façon, vous vous ferez prendre si vous partez seul. Et justice ou pas, je vous garantis qu'on vous pendra haut et court.

— Je vous fais confiance, Alan ! dis-je, et nous nous serrâmes la main.

— Maintenant nous allons donner de nouveau du fil à retordre aux habits-rouges, dit Alan.

Alan riait tout seul en songeant à la façon dont il avait trompé les soldats qui nous poursuivaient.

— En attendant, mangeons un morceau et soufflons un peu, dit-il. Ensuite, nous irons à Aucharn, chez mon parent James de Glens. J'y prendrai mes vêtements, mes armes et de l'argent. Alors, David, nous serons fin prêts à partir sur la lande.

Par la suite, en marchant vers Aucharn, nous nous racontâmes nos aventures. Je ne retiendrai que les points essentiels du récit d'Alan.

Il m'avait vu disparaître, accroché à la vergue. Puis le brick avait sombré et la mer s'était refermée sur lui pour toujours. Les hommes ramaient dans la yole sans rien dire. Dès qu'ils avaient touché terre, le capitaine avait ordonné aux matelots de capturer Alan.

— Il n'y avait pas de rochers où m'adosser. Ils étaient sept contre un. Mais le petit homme aux cheveux rouges...

— Riach, dis-je.

— C'est ça ! Riach, intervint en les menaçant des foudres de la justice. Il me dit de m'enfuir. Et je ne le lui ai pas fait répéter. Tous ceux que je rencontrais filaient vers le rivage lorsque je leur criai qu'il y avait un naufrage. Si le brick n'avait pas sombré aussi vite, engloutissant tout ce qu'il portait, ils auraient cherché le long de la côte pour voir s'il n'y avait rien à sauver de ce naufrage, et vous auraient rapidement retrouvé. Vous n'avez pas eu de chance, David.

La nuit tomba pendant que nous marchions à flanc de montagne. Pourtant Alan semblait se repérer facilement, et marchait d'un pas sûr.

Vers dix heures et demie, nous étions au sommet d'une lande, et nous vîmes des lumières au-dessous de nous. Une porte ouverte laissait passer un rayon de lumière. Tout autour de la maison, cinq ou six personnes couraient en tous sens, torche au poing.

— James a-t-il perdu la tête ? dit Alan. Il

serait dans de beaux draps si à notre place c'étaient des soldats qui venaient par ici.

Sur ce, il siffla à trois reprises. Les torches s'immobilisèrent, puis, au troisième coup de sifflet se remirent en mouvement. Nous descendîmes la pente, et un bel homme, d'une cinquantaine d'années vint nous accueillir, interpellant Alan en gaëlique.

— James Stewart, parlez en écossais, je vous prie, car ce gentilhomme ne parle pas notre langue ; il vient des Basses-Terre, où il est laird, mais il est mon ami.

James de Glens me salua brièvement puis se tourna vers Alan.

— Ce meurtre est dramatique pour nous. Nous allons en subir les conséquences, dit-il en se tordant les mains.

— Bah ! dit Alan. Il y a du bon et du mauvais dans cette affaire. Nous sommes débarrassés de Colin Campbell.

— Certes, dit James, mais cela s'est passé en Appin et nous le paierons cher.

Pendant ce temps j'observai les serviteurs. Les uns, perchés sur des échelles, fouillaient le chaume des toits et en retiraient des armes à feu, des épées. Les autres les emportaient pour les enterrer non loin de là. Ces manœuvres s'effectuaient dans le désordre le plus complet, à grand renfort de cris et de bousculades.

Alan remarqua une gamine qui portait un paquet d'une forme étrange.

— Qu'est-ce qu'elle porte ?

— Je crois qu'il s'agit de ton uniforme français. Nous allons l'enterrer.

— Enterrer mon uniforme français ! cria Alan, pas question !

Il s'empara du colis et disparut dans une grange, me laissant aux bons soins de James.

Celui-ci m'accompagna à la cuisine, où il s'assit avec moi. Mais il était dans un tel état de fébrilité qu'il ne tint pas longtemps en place et me demanda la permission de se retirer.

— Il m'est impossible de penser à autre chose qu'à ce malheur et à ce qu'il en coûtera à bien des innocents.

Le retour d'Alan, revêtu de son bel uniforme français, me changea les idées. Bien que très usagé, ce costume lui donnait une grande allure. Un des fils de James me remit des vêtements de rechange dont j'avais besoin depuis si longtemps. Les bottes en daim me gênèrent un peu au début mais je m'y habituai vite.

Après cette séance d'habillage, on s'occupa de l'armement. Alan et moi, nous reçûmes chacun une épée et des pistolets, quelques munitions, un sac de farine d'avoine, une casserole de fer et une gourde d'eau-de-vie française. Nous étions prêts pour partir dans les landes de bruyère. Il ne nous manquait que de l'argent. James ne put rassembler que trois shillings et cinq pence et demi, en petite monnaie.

— Cela ne suffit pas, dit Alan.

— Vous devez trouver une cachette près d'ici, dit James et me la faire connaître. Ce n'est pas le moment de s'arrêter pour une guinée ou deux. Ils vous cherchent, Alan, ils vous accuseront du meurtre et s'ils apprennent que je vous ai aidé, ils me pendront.

— Ce serait un bien triste jour pour l'Appin, dit Alan.

— Je devrai me défendre, pour pouvoir continuer la lutte je serai obligé de vous charger. Vous comprenez ?

— Je comprends, dit Alan.

— Je serai obligé de parler de votre ami des Basses-Terres, qui pourrait lui aussi être coupable...

J'eus l'impression qu'Alan rougissait un peu.

— C'est gentil à vous de me laisser le choix entre me faire tuer et faire tuer mon meilleur ami, dit Alan avec un sourire ironique. Puis, se tournant vers moi :

— Eh ! Bien ! David, que dis-tu de cela ? Tu es sous ma protection. Il suffirait que je dise…

— Je n'ai qu'un mot à dire, dis-je en lui coupant la parole. C'est que le bon sens exige que le blâme retombe sur le responsable, et dans ce cas précis, sur l'homme qui a tiré. Donnez-lui la chasse et laissez les innocents en paix.

— Mais vous pouvez me dénoncer, et dénoncer Alan, et pourquoi pas le Roi Georges tant que vous y êtes ! çà vous fera trois innocents au lieu de deux.

— Mais je sais, que tout Whig que je suis, je ne vendrai jamais un ami. Vous m'avez rendu service et je vous prie de croire, sur mon honneur, qu'en aucun cas je ne vous dénoncerai.

Madame Stewart nous avait rejoints. Quand je me tus, elle s'approcha de moi, me serra les mains dans les siennes et dit :

— Je suis navrée de ne pas connaître votre nom ; malgré votre jeune âge, vous êtes un gentilhomme. Puis, elle m'embrassa et tourna les talons, me laissant tout déconcerté.

Alan et James avaient baissé les yeux. Enfin, Alan dit à James :

— Allons, inutile de se jeter ainsi des menaces à la tête. Ni l'un ni l'autre nous ne sommes capables de telles vilenies. Adieu, James, il est grand temps que nous partions, David et moi. Le soleil se lève tôt en juillet, et dès l'aube, les habits-rouges se mettront en chasse.

CHAPITRE IX

LA FUITE DANS LE MAQUIS

Pendant la nuit, nous avions alternativement marché et couru pour gagner du temps sans trop nous fatiguer. Le pays paraissait désertique mais il y avait des habitations. En arrivant à l'une d'elles, Alan s'approcha d'une fenêtre, pour discuter avec un homme qui fumait tranquillement sa pipe. Il voulait transmettre la nouvelle. Mais l'homme savait déjà que le Renard-Rouge était mort. Et tous ceux que nous croisâmes par la suite étaient aussi au courant de l'affaire.

Le jour se leva comme nous arrivions dans

une vallée rocheuse où coulait une rivière tumultueuse. Je vis le front d'Alan se plisser :

— Cet endroit est dangereux, David. Les habits-rouges doivent le surveiller.

Il m'entraîna en courant le long de la rivière jusqu'à un endroit où un rocher tenait le milieu entre les deux berges. Sans même prendre le temps d'évaluer la distance, il s'élança et se reçut accroupi sur le rocher central, sans difficulté. Pourtant le rocher était étroit et, emporté par son élan, il aurait pu tomber à l'eau. Mais nous étions si pressés de trouver une cachette que nous ne pensions pas au danger. Je le suivis d'un bond, et il m'aida à ne pas perdre l'équilibre sur la pierre glissante. Il essaya de me parler, mais le mugissement du courant couvrait sa voix. Il me tendit alors le flacon d'eau-de-vie, me faisant signe d'en boire une gorgée et me cria dans l'oreille :

Mieux vaut risquer d'être noyé que pendu !

Et, avec une facilité étonnante, il sauta sur la berge.

Je me retrouvai seul sur le rocher ; malgré le brandy, la peur me prit soudain à la gorge. Je compris que si je ne sautais pas tout de suite, je ne sauterais jamais. Avec l'énergie du

désespoir, je bondis par-dessus les eaux écumantes. Mais la terreur avait freiné mon élan, et je tombai à l'eau. Heureusement, j'avais manqué de peu la rive. Alan m'agrippa par le col et put me tirer en lieu sûr.

Sans un mot, il repartit en courant. Ennivré par le brandy, je trébuchai à chaque foulée ; de plus je souffrais d'un point de côté qui rendait pénible la course. Enfin Alan s'arrêta au pied d'un grand rocher.

Ce rocher, d'une dizaine de mètres de haut, paraissait inaccessible. Alan eut du mal à l'escalader. Je le suivais de près, et il m'aidait en me tendant sa ceinture. En arrivant au but, je compris le choix d'Alan. Au sommet, le rocher se scindait en deux blocs, entre lesquels on pouvait aisément s'abriter.

Alan, à plat ventre, regarda alentour. Il n'y avait personne en vue. Enfin Alan sourit :

— Maintenant nous avons une chance ! Mais vous n'êtes vraiment pas doué pour le saut.

Il ajouta immédiatement, voyant que j'avais rougi :

— Allons, David, je vous taquine, oser agir malgré la peur est le propre d'un garçon courageux. C'est moi qui dois être blâmé.

Parce que cette nuit je me suis comporté comme un sot : je me suis trompé de chemin, bien qu'étant dans mon pays natal, et je vous ai mal guidé. Mais assez causé, je veillerai pendant votre sommeil.

Il devait être neuf heures du matin quand Alan me réveilla, mettant sa main sur ma bouche.

— Vous ronfliez ! Et d'un coup d'œil il me fit comprendre que je devais regarder alentour.

Les reliefs, en plein soleil, sans un nuage dans le ciel, étaient aussi nets qu'une peinture. A 800 mètres, en remontant le cours d'eau, des habits-rouges campaient autour d'un grand feu sur lequel ils faisaient la cuisine. Sur un rocher, presqu'à la hauteur du nôtre, se tenait une sentinelle dont les armes miroitaient au soleil. La ligne des sentinelles s'allongeait le long du cours d'eau en aval.

— Ils surveillent les rives du cours d'eau, espérons qu'ils resteront dans le fond de la vallée. La nuit venue nous pourrons passer entre deux postes.

— Et que faire d'ici là, dis-je. Rôtir au soleil ?

Vers deux heures de l'après-midi nous ne pouvions plus résister. Alan me dit alors :

— Mieux vaut risquer d'être abattus que de mourir de soif, sans rien pouvoir faire. Essayons de descendre jusqu'à la rivière.

En rampant à travers les rochers et les hautes herbes, nous finîmes par arriver au coucher du soleil à un torrent encaissé qui se précipitait vers la rivière. Nous nous allongeâmes sur la rive, plongeant tête et bras dans l'eau. Après de longues ablutions, ayant repris des forces, nous préparâmes le drammach dans notre casserole de fer. Il suffisait de mélanger la farine d'avoine à de l'eau. Un homme affamé apprécie ce mélange lorsqu'il ne peut pas faire de feu.

A la tombée de la nuit nous partîmes, avec prudence, puis hardiment, et sans plus nous cacher. Le chemin bordait des pentes raides ou des falaises, et si je marchais sans fatigue, je craignais à chaque instant de débouler la pente. Quand la lune à son dernier quartier apparut enfin, nous vîmes son reflet dans un bras de mer loin au-dessous de nous. On ne pouvait plus nous voir, nous étions sauvés et nous pouvions continuer notre route en toute quiétude.

Il faisait encore nuit quand nous arrivâmes à une gorge, au sommet d'une haute montagne ; une grotte était creusée dans le roc, juste à côté d'un torrent qui jaillissait de la paroi rocheuse.

Nous y restâmes cinq jours, dormant sur un lit de bruyères, faisant du feu à l'entrée de la grotte. Nous pêchions à la main des truites qui nous permettaient d'économiser notre farine.

Alan m'exerçait à l'escrime et malgré tout, je finis par tomber en garde avec assurance. Nous n'oubliions pas notre fuite.

— Il faudra du temps pour que les habits-rouges viennent explorer Corrynakiegh, dit Alan. Maintenant James devra nous trouver de l'argent.

— Comment le lui dire ? demandai-je.

— David, vous n'avez pas assez d'imagination !

Alan se mit à fabriquer une croix dont il noircit les quatre extrémités dans les cendres. Puis il me dit :

— Pouvez-vous me prêter le bouton que je vous avais donné. Je serais ennuyé d'en couper un autre.

Je lui donnai le bouton qu'il noua à une

lanière, prise à son surtout, pour assembler la croix. Puis il y attacha un petit rameau de hêtre et un de sapin.

— Quand il fera nuit je descendrai jusqu'au hameau de Koalisnacoan et je déposerai cette croix chez mon ami John Breck Maccoll.

— Qu'en pensera-t-il ?

— J'espère qu'il comprendra : la croix ressemble à la croix goudronnée, notre croix de feu, qui sert à annoncer le rassemblement, dans nos clans. Il devinera donc qu'il se passe quelque chose. Il verra le bouton, celui de Duncan Stewart, et il pensera : « Le fils de Duncan est dans les bruyères et il a besoin de moi. »

— Bon ! C'est possible ! Mais il y a une belle étendue de bruyères d'ici au Forth ! dis-je.

— Très juste ! répondit Alan. Mais grâce aux branchettes il comprendra que je suis dans un bois où poussent des sapins et des hêtres. Comme ce n'est pas fréquent et qu'il connaît bien le pays, je donne ma tête à couper qu'il pensera au corrynakiegh et qu'il viendra y jeter un coup d'œil.

Alan revint de son expédition préoccupé : les chiens avaient aboyé, les gens sortaient de chez eux ; il lui avait semblé entendre un cliquetis d'armes et voir un habit-rouge à une porte. Le lendemain nous étions postés à l'orée du bois, attendant John Breck.

Vers midi arriva un messager qui venait de sa part. Alan le guida par deux coups de sifflet. L'homme insista pour que le message fut écrit, car, disait-il, il avait peur d'en oublier les termes.

Alan finit par trouver sous les arbres une plume de pigeon, et la tailla.

Avec un peu de poudre il se prépara de l'encre et écrivit sur un morceau déchiré à son brevet militaire français, ceci :

Cher parent. Veuillez envoyer l'argent par le porteur à l'endroit qu'il connaît.

Votre cousin affectueux A. S.

Trois jours plus tard, vers cinq heures, nous entendîmes un coup de sifflet. C'était John Breck qui s'en venait en suivant le cours d'eau.

Les nouvelles étaient mauvaises : tout le monde avait des ennuis ; le pays grouillait d'habits-rouges, James et plusieurs de ses serviteurs étaient à Fort-William soupçonnés d'être complices, et on promettait cent livres de récompense pour Alan et moi.

Alan reçut le message de Mme Stewart qui était accompagné d'une affiche mettant nos têtes à prix. Sa lecture nous fit frissonner mais je me rassurai en constatant que depuis que j'avais changé de vêtements, le signalement ne correspondait plus au mien. Si je me séparais d'Alan, je ne risquais pas d'être arrêté.

Le métayer sortit une bourse verte, elle contenait quatre guinées en or et presqu'une autre en petite monnaie.

Alan devait aller en France avec cette somme, alors que, si nous nous séparions, j'avais deux guinées pour aller à Queensferry, ce qui était bien suffisant. Ainsi la compagnie d'Alan me mettait en danger et n'arrangeait pas non plus mes finances.

Mon honnête compagnon ne pensait pas ainsi. Il croyait m'être utile et me protéger.

— C'est peu mais je m'en contenterai. Maintenant John Breck, rendez-moi mon bouton.

Le métayer chercha d'abord en vain, roulant des yeux ahuris. Soudain il retrouva le bouton.

— Cela vaut mieux pour l'honneur des Maccoll, dit Alan. Puis il me dit :

— Voici de nouveau le bouton, je vous remercie de me l'avoir prêté.

Il prit congé du métayer.

— Vous m'avez bien aidé, vous avez risqué votre tête pour moi. Je me souviendrai de vous.

Enfin le métayer partit d'un côté tandis qu'Alan et moi reprenions notre fuite.

Au prix d'une marche harassante qui dura plus de onze heures, nous franchîmes une chaîne de montagnes. Devant nous s'étendait une plaine aride que nous devions traverser. La brume, selon Alan, aurait pu cacher vingt escadrons de dragons.

— David, dit Alan, allons-nous rester ici jusqu'à la nuit, ou nous risquer plus avant ?

— Je suis bien fatigué mais je pourrai encore marcher autant si c'est pour arriver au but.

— Nous ne serons qu'à la moitié du chemin, reprit Alan. L'Appin c'est la mort certaine. Vers le sud il n'y a que des Campbells, il ne faut pas y songer. Au nord, rien à gagner. Il reste l'est.

— Va pour l'est.

— Tu sais, ce sont les marais ! Où se cacher ?

— Alan ! si le risque est le même prenons le plus court chemin et, à la grâce de Dieu !

Alan était ravi :

— Il t'arrive d'être plein d'esprit, David ! Et c'est alors que je t'aime comme un frère !

La brume s'était levée, nous entrâmes dans le désert brûlant, que nous devions franchir.

La chaleur était telle que nous nous traînions d'un buisson à l'autre, pour chercher de l'ombre, peinant comme des bêtes de somme. L'eau de notre gourde était épuisée.

Vers midi, nous nous couchâmes dans un épais buisson de bruyères pour dormir. Alan prit la première garde. Lorsqu'il m'éveilla pour le second quart, Alan planta une baguette de bruyère, m'indiquant un point précis vers l'est ; dès que l'ombre de la baguette l'atteindrait, je devrais l'éveiller. Mais, épuisé, je m'endormis. Combien de temps ? Je ne sais pas. Toujours est-il que, lorsque je m'éveillai, j'aperçus en regardant à la ronde une troupe de cavaliers venant du sud-est, et qui se déployait en éventail.

Alan, réveillé en hâte, observa les soldats, mais ne me fit aucun reproche.

— Qu'allons-nous faire ? demandai-je.

— Prendre la poudre d'escampette. Filons vers cette montagne. C'est le Ben Adler. Si nous y arrivons avant l'aube nous sommes sauvés. Nous y trouverons une cachette.

— Mais Alan ! m'écriai-je, il faut couper au milieu des troupes qui arrivent.

— Je le sais bien ! Allons David mon ami ! Du nerf !

Et courbé vers le sol, il se mit à courir, louvoyant de buisson en buisson pour ne pas être vu ; je le suivis de près. Parfois un fourré assez dense nous permettait de souffler.

Nous étions tout près des dragons. J'avais peur qu'un coq de bruyère, en s'envolant, ne nous trahisse. Comme la nuit tombait, nous entendîmes une sonnerie de trompette et nous vîmes la troupe se rassembler. Ils avaient manifestement l'intention de camper au milieu de la plaine ; Alan refusa de s'arrêter.

— Les dragons reposés iront encercler le marais et nous serons cernés du même coup.

— Je n'ai plus de force ! Je n'en peux plus !

— Très bien, dit Alan, je vous porterai.

Il ne plaisantait pas et je rougis de honte.

— Je vous suis ! dis-je devant une telle

résolution. Il me regarda comme pour dire « Bravo, David ! » et il partit à toute vitesse.

La nuit apporta un peu de fraîcheur. Lorsque le jour se leva nous étions si loin du danger que nous crûmes pouvoir poursuivre notre marche sans plus prendre de précautions.

Nous étions si abrutis par la fatigue que nous ne vîmes pas l'embuscade. Trois ou quatre miséreux en haillons nous couchèrent sur le sol pointant leurs poignards sur notre gorge.

Alan parla en gaélique, les poignards se relevèrent.

— Ce sont les gens de Cluny ! dit Alan. Ces sentinelles avancées vont prévenir le chef.

Alan m'expliqua que Cluny Macpherson était recherché comme nous, et pour des raisons similaires. Il ajouta :

— Je suis un peu fatigué et je ferais bien un somme.

Nous nous allongeâmes pour nous reposer en attendant le retour de nos messagers. Alan sombra dans un lourd sommeil. Quant à moi, le vacarme des sauterelles m'empêcha de fermer l'œil ; lorsque le messager revint je ne pus reprendre la marche. Je titubais comme un ivrogne. Je vis Alan fronçer les sourcils, puis je me rappelle que deux hommes me prirent sous les bras et me portèrent jusqu'à notre but, la montagne Ben Adler.

CHAPITRE X

LA DISPUTE

Nous arrivâmes finalement au pied d'une pente rocailleuse couverte par un bois que dominait une falaise dénudée.

— C'est ici, dit un des guides.

Presque au sommet de la pente au pied de la falaise, se trouvait « La cage de Cluny ».

Elle était construite en troncs d'arbres ; comme accrochée au flanc de la colline, à demi suspendue au-dessus du vide, elle s'appuyait sur deux piloris. Cette architecture étrange lui donnait l'apparence d'une grosse ruche, d'un nid de guêpes à moitié suspendu et à moitié posé.

L'intérieur, assez confortable, pouvait

abriter cinq ou six personnes. La cheminée était conçue de telle sorte que la fumée montait le long de la paroi rocheuse à laquelle s'adossait la cabane, et se confondait ainsi avec la pierre.

Cluny disposait d'autres repaires en différents points du pays et, prévenu par ses éclaireurs, il se déplaçait selon les mouvements des soldats. Ainsi, grâce à l'affection des gens de son clan, il avait pu vivre en sécurité après la Rébellion. Il devait y vivre encore cinq ans avant d'être appelé par son maître en France où il mourut.

A notre arrivée, Cluny, assis près de la cheminée, surveillait un serviteur qui faisait la cuisine. Un bonnet de nuit tricoté lui couvrait les oreilles et il fumait une courte pipe qui dégageait une odeur de mauvais tabac.

Malgré la modestie de ses vêtements, il avait l'allure d'un roi. Il se leva pour nous accueillir.

— Parfait, M. Stewart, dit-il, approchez donc et présentez-moi votre ami dont j'ignore le nom.

— Et comment allez-vous, Cluny ? dit Alan. Je suis heureux de vous voir et de vous présenter mon ami le Laird of Shaws, M. David Balfour !

Alan ne manquait jamais de mettre une pointe d'ironie en me donnant ce titre, mais avec des étrangers, il faisait, comme un héraut d'armes, sonner mon nom.

— Entrez et soyez les bienvenus, dit Cluny. J'ai reçu ici un Stewart, une personnalité royale et vous vous doutez de qui il s'agit. Je propose un toast : A la Restauration.

Cluny vivait en reclu, et n'avait de contacts qu'avec ses sentinelles et serviteurs. Tous les matins, un barbier montait le raser et lui donnait des nouvelles du pays. Il posait beaucoup de questions souvent utiles car il exerçait la justice de son clan. Les hommes de son pays suivaient ses avis et ses conseils et se laissaient taxer, alors qu'ils auraient pu empocher une fortune en le trahissant.

Au cours du repas, Cluny mima les attitudes de son Altesse Royale.

— Je lui ai servi des collops identiques à ceux-ci, mais il n'y avait pas de citrons.

A peine le repas terminé, Cluny sortit des cartes graisseuses et cornées ; les yeux brillants, il proposa de faire une partie. J'aurais dû prétexter l'épuisement mais je tenais à montrer que je refusais de jouer parce que c'était contraire à mes principes. Cluny cessa de battre les cartes.

— Que diable voulez-vous dire ? C'est un discours de Whig ! Sous le toit de Cluny Macpherson !

— Je répond de M. Balfour, dit Alan. Mais ce gentilhomme est fatigué et s'il n'a pas envie de jouer aux cartes, cela ne doit pas nous déranger. Je suis prêt à jouer à ce que vous voulez.

— Monsieur, dit Cluny, dans ma pauvre demeure, sachez que tout gentilhomme peut suivre son bon plaisir. Votre ami peut se tenir sur la tête si cela lui chante.

Je ne voulais pas que ces deux amis se disputent à cause de moi.

— Monsieur, dis-je, je suis bien fatigué, il est vrai, mais sachez que si je refuse de jouer c'est avant tout parce que j'en ai fait la promesse à mon père.

— N'en dites pas plus, dit Cluny en me montrant du doigt un lit de bruyères dans un coin de la cage, et en me regardant d'un air soupçonneux.

A peine allongé, je tombai dans un état comateux qui dura pendant tout mon séjour.

J'avais des moments de lucidité, mais rapidement, je retombais dans l'inconscience.

Le barbier, qui était aussi médecin, vint me confirmer que j'étais malade et cela me suffit. Dans cet état je ne fis guère attention à ce qui se passait autour de moi. Alan et Cluny passaient leur temps à jouer aux cartes. Alan avait dû gagner au début. Mais le second jour la chance tourna. Alan penché sur mon lit me demanda de lui prêter mon argent.

— Pourquoi faire ? dis-je.

— C'est juste un prêt, dit-il.

— Mais pourquoi ? répétai-je, je ne comprends pas.

— David ! tu me refuserais un prêt ?

J'étais dans un tel état de faiblesse que j'acceptai.

Le troisième jour je me sentis mieux, me levai et j'allai m'asseoir dehors en haut du bois. A mon retour Cluny qui avait reçu une foule de visiteurs, me dit :

— Mon éclaireur rapporte que la voie du Sud est libre. Aurez-vous la force de partir ?

Je vis les cartes sur la table mais pas l'or ; il n'y avait qu'un tas de petits papiers posés devant la place qu'occupait Cluny. Alan avait l'air bizarre d'un homme mécontent et j'eus une violente inquiétude.

— Je ne sais pas si je suis en état de partir, dis-je en regardant Alan ; de toute façon avec le peu d'argent que nous avons nous n'irons pas loin.

Alan se mordit la lèvre et regarda le sol.

— David, dit-il enfin. Je l'ai perdu !

— Mon argent aussi ? dis-je.

— Aussi. Vous n'auriez pas dû me le donner. Je deviens cinglé quand je touche les cartes.

— Taratata ! dit Cluny. Ce n'était qu'un badinage sans importance. Je vais vous rendre votre argent et vous en donner le double qui plus est. Vous en aurez plus besoin que moi.

— Et le visage tout rouge il commença à sortir l'or de sa poche. Alan ne disait rien et regardait à terre.

— Je suis jeune, dis-je à Cluny. Conseillez-moi comme si j'étais votre fils. Dois-je accepter qu'on me rende cet argent que mon ami a loyalement perdu ?

L'affaire était humiliante pour nous tous et surtout pour Cluny.

— Monsieur Balfour, dit-il, je pense que vous êtes un garçon intelligent qui ne manque pas de subtilité et que vous avez l'esprit d'un authentique gentilhomme. Sur ma parole d'honneur vous pouvez prendre cet argent. C'est ce que je dirais à mon fils et je vous prie de croire en mon amitié.

La nuit nous permit de traverser le loch Errocht et, en longeant sa rive est, d'arriver à une autre cachette. Nous étions guidés par un familier de Cluny. Notre compagnon portait tous nos bagages et par dessus tout cela le grand pardessus d'Alan. J'aurais succombé sous la moitié de cette charge d'autant que je relevais de maladie et que j'étais très affaibli.

Nous restâmes sans rien dire, marchant côte à côte ou l'un derrière l'autre. J'avais de plus en plus envie de continuer ma route en solitaire.

Alan s'était conduit comme un enfant perfide. Alors que nous avancions sur un terrain plat, il s'approcha de moi, et comme s'il avait compris le fond de ma pensée :

— David, dit-il, je te présente toutes mes excuses.

Et, comme je ne répondais pas, il ajouta :

— Je t'en prie, dis quelque chose.

— Je n'ai rien à dire, répliquai-je.

— Faut-il nous séparer ? dit-il. J'avoue

n'avoir pas envie de rester où je ne suis pas désiré.

— Alan Breck ! M'écriai-je, croyez-vous que je vais vous tourner le dos quand vous êtes en difficulté ? Toute ma conduite le dément. Je n'ai jamais fait défaut à un ami.

— Je te dirai seulement ceci, David ! dit Alan, très calme. Je t'ai longtemps dû la vie et maintenant je te dois de l'argent, essaye de ne pas alourdir cette dette par des remords.

— Vous m'avez fait subir un affront et vous voulez que j'en sois heureux ! dis-je.

— Alan Breck ! Vous parleriez moins de vous si vous pensiez un peu plus aux autres. Vous feriez mieux de ne pas insister et de ne pas me chercher noise.

— C'est bon ! dit Alan, je ne dis plus rien !

Au cours des trois jours suivants, à travers le pays des Campbell, nous n'échangeâmes pas une parole. J'étais rompu de fatigue, plein de rancune et je ruminai ma colère.

Alan me proposa de porter mon bagage, il se moquait de moi en m'appelant son petit Whig et prenait un malin plaisir à me provoquer.

Un jour, il se mit à siffloter un air jacobite

créé au lendemain de la défaite du général Cope à Preston-Pans. Et je me souvins qu'Alan avait participé à cette bataille du côté royal.

— Pourquoi choisir cet air, M. Stewart ? dis-je. Est-ce pour me rappeler que vous avez été battu dans les deux camps ?

L'air s'interrompit sur les lèvres d'Alan.

— David ! me dit-il.

— Mais il est temps que ces manières cessent, continuai-je. Je veux dire que désormais vous aurez à parler poliment de mon roi et de mes bons amis les Campbell.

— Je suis un Stewart, reprit Alan.

— Whig et Campbell vous ont, les uns et les autres, battu ; vous avez fui devant eux comme un lièvre. Vous devez parler d'eux avec respect !

— Quelle pitié ! dit finalement Alan. Il y a des propos que l'on ne peut pas laisser passer.

— Je suis prêt, lui dis-je.

— Prêt ?

— Prêt, répétai-je. Je ne suis ni vantard ni fanfaron comme quelqu'un que je pourrais nommer. Venez !

Je tirai mon épée et je me mis en garde comme Alan me l'avait appris.

— David ! es-tu fou ? Je ne puis tirer l'épée contre toi ! Ce serait un meurtre !

— Devant la spontanéïté de cette réponse, toute ma colère tomba, et soudain j'éprouvai un immense sentiment de faiblesse. Nous nous remîmes en route. Mais à nouveau je sentais monter la fièvre et j'avais de plus en plus de mal à marcher.

Le climat tendu qui s'était installé entre Alan et moi, m'avait miné, et la fatigue du voyage était venue s'ajouter à cette dépense nerveuse. J'étais proprement épuisé. Bientôt je dus m'asseoir, car mes jambes ne me portaient plus.

— Alan ! dis-je. Si vous ne pouvez pas m'aider je vais mourir ici. Il se leva et me regarda.

— Oui ! J'en suis à ce point. Je voudrais être sous un toit. J'y mourrai plus facilement, dis-je d'une voix à attendrir un cœur de pierre.

— Peux-tu marcher ? demanda Alan.

— Non, pas seul. Mes jambes cèdent. Alan, me pardonnez-vous si je meurs ?

— Chut, dit Alan, ne dis pas cela ! David, mon ami, tu sais bien... (Il étouffa un sanglot).

Je te trouverai une maison. Je ne voyais pas que tu étais si épuisé David, oublie et pardonne moi ! Je vais te porter sur mon dos.

— Oh ! Alan dis-je, je suis trop lourd.

— Ne t'inquiète pas, cela ira !

Voyant son dévouement je sentis soudain fondre toute la rancune que j'éprouvais encore.

— Alan ! m'écriai-je, pourquoi êtes-vous aussi bon pour moi ? Pourquoi vous occupez-vous d'un compagnon si ingrat ?

— Je l'ignore, dit Alan. Car précisément ce que je croyais aimer en toi était ton calme inébranlable. Pourtant depuis que nous nous sommes disputés, j'ai encore plus d'amitié pour toi.

Alan frappa à la porte de la première maison que nous rencontrâmes. Ce n'était pas très prudent dans une région des Highlands comme celle de Balquidder. Mais la chance nous servit, nous étions chez les Maclarens. Alan y fut le bienvenu du fait de son nom mais aussi de sa renommée. Sans retard je fus mis au lit et le médecin, appelé en hâte, trouva que j'étais au plus mal.

Alan refusa de m'abandonner. Le jour, il

se cachait dans un petit bois ; la nuit, dès que la voie était libre, il venait me voir.

Les soldats ne s'occupaient pas de nous, même si une fois je pus voir de mon lit, par la fenêtre, deux compagnies et quelques dragons défiler en bas dans la vallée. Pourtant tout le pays connut ma présence bien avant mon départ. Personne ne pouvait ignorer qui j'étais car au pied de mon lit une affiche imprimée était épinglée. Je pouvais y voir un portrait peu flatteur et en plus gros caractères le prix estimé de ma vie. Et il n'était pas difficile de comparer le visage qu'on voyait sur l'affiche et le mien. Il n'y eut qu'un incident valant la peine d'être raconté. Je reçus la visite de Robin Oig un des fils du célèbre Rob Roy. Il était recherché pour le meurtre de James Maclaren mais il n'hésitait pas à entrer chez des ennemis comme dans une auberge.

Duncan eut juste le temps de me dire qui était mon visiteur. Duncan et moi étions préoccupés car c'était l'heure où Alan venait habituellement.

L'homme fit montre de politesse. Il voulait savoir si j'étais « à un degré quelconque parent de Balfour de Baith » qui avait guéri son frère d'une blessure à la jambe après Preston-Pans.

— Je suis venu me mettre sous vos ordres avec tous mes gens, dit-il. Je dus avouer mon ignorance. Robin Oig fit demi-tour sans me saluer et je l'entendis dire à Duncan que je n'étais qu'un « sans-famille ne connaissant pas son père ».

Sur le seuil il se heurta à Alan qui arrivait. Ils reculèrent, et se dévisagèrent.

— M. Stewart, sans doute, dit Robin.

— C'est vrai, M. Macgregor et c'est un nom dont je n'ai pas à rougir, répondit Alan.

— J'ai entendu dire que vous saviez vous servir d'une épée, dit Robin Oig.

— Vous avez appris que mon parent le capitaine Ardshiel a eu une rencontre avec un Macgregor qui n'a pas eu le dessus.

— Mon père était un homme âgé, répondit Robin. La lutte était inégale. Nous ferions mieux la paire. A moitié hors du lit, je vis Duncan, assez pâle, séparer ces deux petits coqs belliqueux.

— Gentlemen vous avez un autre choix. Depuis longtemps on se pose la question de savoir qui de vous deux joue le mieux de la

cornemuse. J'en ai deux. C'est l'occasion de trancher la question.

— Pourquoi pas ? dit Alan sans quitter Robin du regard. Jouez-vous de la cornemuse ?

— Comme un Macrimmond ! cria Robin.

— C'est un propos hardi ! répliqua Alan.

— J'en ai dit d'autres et contre des adversaires bien supérieurs !

— Il sera facile d'en juger ! dit Alan.

Duncan se hâta de décrocher ses cornemuses et d'apporter un gigot de mouton et un vieux whisky. Robin refusa ces mets mauvais pour le souffle.

— Je voudrais vous faire remarquer, Monsieur, dit Alan, que je n'ai pas rompu de pain depuis plus de dix heures. Cela est pire pour le souffle que tous les whiskies d'Écosse !

— Eh ! bien ! Mangez et buvez, dit Robin, je ferai comme vous. Finalement Robin prit la cornemuse et joua avec entrain et emphase.

— C'est vrai, vous savez jouer ! dit Alan. Il prit l'instrument et joua d'abord le même morceau, comme Robin ; puis il se lança dans des variations, ces ornements complexes qu'aiment tous les cornemuseurs.

— Pas mal, M. Stewart, dit son concurrent mais vous êtes d'une pauvreté sans nom dans vos variations.

— Moi ? s'écria Alan, je vous donnerai un démenti.

Mais Robin s'empara de la cornemuse, reprit les variations, depuis le début ; son jeu était à la fois virginal et plein de sentiment... Alan tout rouge ne cessait de mordiller ses doigts.

— C'est assez ! s'écria-t-il, vous jouez comme...

Robin leva simplement la main comme s'il demandait le silence. Il se lança dans un rythme lent de pibroch. Alan reconnut un de ses airs favoris parce qu'il était propre aux Appin Stewart. Il s'agitait sur son siège, mais son visage n'exprimait plus la colère.

— Robin Oig, dit-il, lorsque celui-ci eut terminé, vous êtes un grand joueur de cornemuse. Je ne suis pas digne de jouer dans le même royaume que vous. Ce serait aller contre mes sentiments que de donner la mort à un tel musicien.

Ainsi s'acheva la querelle ; toute la nuit le whisky et les cornemuses circulèrent. Je ne devais jamais revoir Robin et j'étais aux Pays-

Bas lorsqu'il fut jugé et pendu au marché aux herbes.

Le mois d'août était déjà bien avancé quand je sus que je pouvais continuer mon voyage. Alan pensait que la surveillance s'était relâchée.

— Un principe militaire essentiel est d'aller là où vous êtes le moins attendu. Si nous allons droit sur ce vieux pont de Stirling je parie mon épée que nous passerons sans être inquiétés.

Après deux journées de voyage faciles, nous arrivâmes à la limite des collines. Devant nous s'étalait le carse de Sterling dans toute son étendue, avec la ville et son château, perché sur la colline. Au loin, la lune brillait sur les sables du Forth.

— Vous voici revenu chez vous, dit Alan. Nous avons franchi, à la première heure, la frontière des Highlands.

Nous trouvâmes une petite île de sable dont les herbes étaient assez hautes pour nous cacher si nous étions couchés. D'un côté nous avions vue sur le château de Sterling et nous entendions les tambours rythmer les parades. De l'autre côté, des moissonneurs travaillaient toute la journée.

Après leur départ, à la nuit tombée, nous nous dirigeâmes vers le pont, la lune n'était pas encore levée. Les sentinelles restaient invisibles. J'aurais poussé de l'avant si Alan n'avait été plus prudent.

Nous observâmes pendant un quart d'heure ; une vieille femme avec une béquille vint s'asseoir tout près sans nous voir. Elle repartit bientôt, escaladant la pente qui menait au pont ; nous entendîmes le bruit de ses pas et de sa béquille sur le sol décroître.

— Elle a dû traverser, dis-je.

— Non, dit Alan, écoutez, on l'entend encore !

Et, à cet instant, un « qui va là » nous apprit qu'une sentinelle faisait le guet près du pont et que nous n'avions aucune chance de lui échapper.

— Allons, vers la rivière, dis-je, nous pourrons peut-être trouver un gué.

— Inutile ils sont tous gardés. Mais par contre, nous trouverons sans doute un bateau.

Nous longeâmes la rive nord du Carse jusqu'à un hameau nommé Limekulns qui se trouve juste en face de Queensferry.

Nous entrâmes dans un petit cabaret, où une jeune fille avenante nous vendit du pain et du fromage. Nous sortîmes pour chercher un endroit agréable où dîner.

Nous avions à peine fait quelques pas qu'Alan s'arrêta.

— Que pensez-vous de la jeune fille qui nous a vendu ça ? dit-il en tapant sur le pain et sur le fromage.

— Elle est charmante, et elle a l'air d'être honnête.

— Peut-être pourrait-elle nous trouver un bateau. Allons, retournons l'apitoyer et nous obtiendrons d'elle tout ce que nous voudrons.

Sur ces considérations, nous fîmes demi-tour.

La jeune fille parut surprise de nous voir revenir. Mais Alan ne lui laissa pas le temps de poser des questions ;

— Ne pourriez-vous nous héberger pour la nuit ?

Je n'ai plus un sou et je ne voudrais pas que cet enfant couche dehors, il est épuisé et malade.

— C'est vrai qu'il est bien jeune pour cela et qu'il n'a pas l'air bien. Mais comment se fait-il que vous en soyez arrivé là. Votre allure me dit que vous n'êtes pas n'importe qui.

— Que voulez-vous, ni la noblesse ni le jeune âge n'empêchent d'être pendu.

— Pendu ! Et pourquoi donc.

Alan, pour toute réponse, fredonna le premier couplet d'une chanson jacobite bien connue.

— Je comprends. Mais je ne vous trahirai pas.

Voyant que la jeune fille était sincère j'ajoutai.

— Je suis victime d'une erreur. Le roi George n'a pas de sujet plus dévoué que moi.

Mais pourquoi venir par ici ? Vous risquez votre vie.

— Je lui expliquai qu'il me fallait absolument voir M. Rankeillor de Queensferry.

— Si vous pouviez nous trouver une barque vous sauveriez deux vies reprit Alan.

La jeune fille réfléchit pendant quelques minutes, puis elle sortit, nous rapporta du pudding et de la bière et nous conseilla d'aller nous cacher dans le petit bois près de la rive. Il faisait beau, et l'attente dans le bois ne fut pas trop pénible. Enfin vers onze heures nous entendîmes des avirons grincer dans leur tolets.

C'était la jeune fille qui ramait. Dès que

son père s'était endormi, elle s'était glissé chez un voisin pour lui prendre sa barque et était venue nous retrouver par la rivière.

Elle nous déposa sur la rive du Lethian près de Parridon, nous serra la main et reprit le large en ramant vers Linekulns sans même nous laisser le temps de la remercier.

CHAPITRE XI

LE RETOUR

Le lendemain nous décidâmes que j'irais seul à Queensferry. Alan se cacherait dans les champs, près de Newhalls. Je le retrouverai le soir. Nous convinmes d'un air qui lui permettrait de me reconnaître, il ne devait pas se montrer tant qu'il ne m'aurait pas entendu siffler.

Avant le lever du soleil j'étais déjà dans la grande rue de Queensferry. Mais je n'osai pas demander la maison du notaire, ayant honte de ma tenue misérable. J'errais ainsi jusqu'à ce qu'il fasse grand jour. Enfin, fatigué de marcher, je m'arrêtai devant une maison avec des airs de propriétaire. Un chien de chasse prenait le frais sur le seuil. A ce moment-là, je vis sortir de la maison un homme à l'allure imposante et distinguée. Ce gentleman parut très intrigué par ma tenue et, s'approchant de moi, me demanda ce que je faisais là. Je lui répondis :

— Je suis venu pour affaire. Pourriez-vous me dire où se trouve la maison de M. Rankeillor.

— Vous tombez bien ! Jeune homme. Je suis l'homme que vous cherchez.

— Monsieur, je sollicite la faveur d'un entretien.

— Mais je ne vous connais pas... Et que voulez-vous...

— Je m'appelle David Balfour.

— Tiens, tiens... David Balfour...

— Et qu'est-ce qui me vaut l'honneur de votre visite M. Balfour ? dit-il d'un ton ironique.

— Et bien, à vrai dire, c'est assez long à expliquer et je préférerais vous en parler tranquillement. Il réfléchit.

— Oui, dit-il, vous avez raison, suivez-moi.

Il me fit entrer, cria qu'il serait pris toute la matinée et me précéda dans une petite pièce poussiéreuse pleine de livres et de documents. Il s'assit, m'invita à faire de même en jetant un regard inquiet sur son fauteuil et sur mes guenilles sales.

— Maintenant, soyez bref, allez droit au but. *Nec germino bellum Trojanum orditur ab ovo*[1]. Comprenez-vous ? dit-il avec un regard enjoué.

— Monsieur, je suivrai le conseil d'Horace, répondis-je, et je vous conduis *in medias res*[2].

Il hocha la tête, satisfait, du test qu'il venait de faire.

Ainsi encouragé j'ajoutai :

— J'ai des raisons de croire que j'ai des droits au titre de Shaws.

Il prit un livre dans un tiroir, l'ouvrit devant lui.

— Eh bien ! dit-il.

Je demeurai muet.

— Allons ! M. Balfour. Continuez ! Où êtes-vous né ?

1. Allusion tirée de l'Art Poétique d'Horace, où cet auteur fait l'éloge d'Homère, qui n'a pas commencé l'Iliade à la naissance d'Hélène (sortie selon la légende de l'œuf de Léda).

2. Au cœur du sujet.

— A Essendean, Monsieur, le 12 mars 1734.

— Votre père ? Votre mère ?

Mon père avait pour nom Alexandre Balfour ; il était maître d'école ici même. Ma mère s'appelait Grâce Pittarow. Sa famille était d'Angus à ce que je sais.

— Avez-vous des papiers prouvant votre identité ?

— Non, mais le pasteur Campbell pourrait rapidement vous les procurer ; c'est à lui que je les ai confiés quand je suis parti chez mon oncle.

— Vous voulez parler d'Ebeneezer Balfour ?

— Lui-même.

— Que vous avez vu ?

— Bien sûr. J'ai même été le voir chez lui, dans son château.

— Et connaissez-vous le dénommé Hoseason.

— Si je le connais. Malheureusement trop bien Monsieur. C'est lui que mon oncle a chargé de m'enlever. Et c'est sur son bateau que j'ai fait naufrage.

— Et où avez-vous fait naufrage ?

— En vue de l'extrémité sud de l'île de

Mull. L'ilôt sur lequel je fus jeté est l'île d'Earraid.

— Vous êtes plus fort en géographie que moi. Tout jusqu'ici correspond exactement aux informations que j'ai déjà. Mais vous dites avoir été kidnappé. Qu'entendez-vous par là ?

— Je venais chez vous quand je fus attiré à bord du brick, assommé et jeté à fond de cale. Quand j'ai repris connaissance nous étions en pleine mer. Je devais être vendu comme esclave dans une plantation. Et sans ce naufrage providentiel, je ne serais pas là pour vous donner ces explications.

— Le brick s'est perdu le 27 juin, dit M. Rankeillor, en consultant son livre, et nous sommes le 24 août. Comment expliquez-vous cette absence de deux mois M. Balfour ?

J'aimerais bien que vous éclairiez ma lanterne.

— Avec plaisir ! Monsieur ! Mais avant de vous raconter mon histoire, je voudrais être certain que je peux vous faire confiance.

— C'est un cercle vicieux, dit le notaire. Je ne puis être votre ami tant que je ne saurais pas à quoi m'en tenir moi-même.

— N'oubliez pas, Monsieur, que la bonne foi et la naïveté m'ont déjà coûté très cher...

Et que vous gériez les affaires de celui qui s'est acharné contre moi. Avouez que j'ai des raisons de me méfier de vous.

Je sentais que je gagnais peu à peu la sympathie de M. Rankeillor. Je me sentais plus assuré et c'est en souriant que j'avançai cet argument. Il me répondit en riant.

— Je vous comprends mon garçon. Mais *j'ai été* l'homme d'affaires de votre oncle. Beaucoup d'eau à coulé sous les ponts depuis ; le jour même de votre naufrage M. Campbell est venu à mon bureau pour m'expliquer que vous étiez parti chez votre oncle, et qu'il s'inquiétait de ne pas avoir de nouvelles. J'ignorais tout de vous, mais connaissant votre père et votre oncle, et sachant qu'il y avait eu entre eux de troubles manigances, je pouvais craindre le pire. J'interrogeais Ebeneezer. Il reconnut vous avoir reçu chez lui et déclara qu'il vous avait remis une coquette somme et que vous étiez parti sur le continent pour poursuivre vos études. Comme je lui demandai pourquoi vous n'aviez pas donné la moindre nouvelle à M. Campbell, il me dit qu'il n'y avait là rien d'étonnant car il vous avait entendu exprimer le désir de rompre avec le passé.

Il prétendit ignorer votre lieu de résidence. La seule chose qu'il savait, disait-il, c'est que vous deviez être à Loyde. Je ne savais trop quoi penser de tout ce qu'il m'avait dit : quelle était la part du vrai et du faux ? M. Campbell et moi-même avions des soupçons, mais ni certitudes, ni preuves. Aussi nous ne savions quelle attitude adopter. C'est alors que le Capitaine Hoseason vint me voir et me fit le récit du naufrage et de votre noyade. Cette fois, l'affaire était claire, et j'ai pris les mesures qui s'imposaient. Et voilà que vous réapparaissez maintenant. Comprenez que je vous demande quelques explications et jugez de la confiance que vous pouvez m'accorder, à la franchise dont je fais preuve.

Je n'ai pas reproduit le ton pédant ni la multitude de citations latines dont son discours était orné avec une délicate cordialité, mais tout cela fut dit d'une façon qui entama largement ma défiance. De plus je me rendais compte qu'il me traitait, maintenant, comme si j'étais au-delà de tout soupçon et que le premier point, celui de mon identité, paraissait complètement admis.

— Monsieur, lui dis-je, si je vous fais le récit de mes aventures je vais remettre à votre discrétion la vie d'un ami. Donnez-moi votre parole qu'elle sera sacrée. En ce qui me concerne je suis convaincu que vous êtes un homme de bonne foi.

Il me donna sa parole avec beaucoup de gravité.

— Mais, dit-il, ce sont des préliminaires alarmants ; si dans votre histoire il y a de petites entorses à la loi, je vous prie de vous rappeler que je suis de la partie et de ne pas insister.

Il m'écouta les yeux fermés, ses lunettes relevées sur le front, et parfois j'ai craint qu'il ne soit endormi. Mais, en fait, rien ne lui échappait, et il enregistrait chacune de mes paroles.

Lorsque je prononçais le nom d'Alan Breck il ouvrit les yeux et se trémoussa dans son fauteuil.

— Je ne citerai pas inutilement certains noms, Monsieur Balfour, surtout ceux des Highlanders qui n'ont pas les faveurs de la justice. Appelons donc votre ami : M. Thomson. Nous agirons de même pour les autres highlanders que vous pourriez citer, qu'ils soient en vie ou non.

Ainsi Cluny devint M. Jameson, lorsque j'en arrivai à cet épisode.

— Eh ! Bien ! dit le notaire à la fin de mon récit. Il faudra plus tard mettre en latin votre Odyssée. Vous avez le chic pour vous mettre dans des situations impossibles et, somme toute, pour bien vous y comporter. Ce M. Thomson parait être un gentleman aux qualités remarquables ; mais il aurait sans doute mieux valu que vous ne le rencontriez pas. Quoiqu'il en soit, vous êtes arrivé au bout.

A ce moment je jetai un regard sceptique sur mes haillons. Le notaire sembla comprendre où je voulais en venir. Il se leva, appela dans l'escalier et demanda que l'on mette un autre couvert pour M. Balfour. Il me conduisit à un étage supérieur, dans une chambre, me donna de l'eau et du savon, quelques vêtements de son fils ; puis me laissa faire ma toilette et me changer.

En me regardant dans la glace j'eus l'impression de voir renaître David Balfour. M. Rankeillor vint me chercher sur le palier et de retour à son bureau me dit :

— Vous devez vous poser des questions au sujet de votre père et de votre oncle. L'affaire est plus simple qu'elle ne le paraît. C'est avant tout une histoire d'amour.

— Je vois mal quel rôle mon oncle a pu y tenir.

— Mais, M. David, votre oncle était dans sa jeunesse un fort bel homme.

— Vous plaisantez !

— Pas le moins du monde ; de plus, il avait du caractère et il semblait promis à une grande destinée. En 1715, il part rejoindre les rebelles. Il ne s'en tire que de justesse, grâce à votre père qui parvient à le faire rentrer. Et voici que tous les deux tombent amoureux de la même dame. M. Ebeneezer se croyait l'élu ; lorsqu'il découvrit que ce n'était pas le cas ce fut un drame. Il s'enfermait chez lui pour pleurer, et ne sortait que pour rôder dans les tavernes, et s'y répandre en confidences. Votre père, M. David, était un gentilhomme exquis mais d'une faiblesse sans nom. Voyant ce désespoir il prit les choses à cœur et n'osa pas profiter de son avantage. Mais la demoiselle n'était pas sotte et vous tenez d'elle votre bon sens. Elle ne voulut pas être le jouet de ces deux hommes et somma votre père de prendre enfin une décision.

Pour lui prouver la sincérité de son amour et pour donner une compensation au malheureux Ebeneezer votre père joua les Don Quichotte ; il prit la dame et céda son titre à son frère. Il aurait dû consulter un homme d'affaires. Votre père et votre mère sont morts pauvres, vous avez été élevé dans la pauvreté. Cependant qui se payaient du bon temps ? Les tenanciers de Shaws et votre oncle !

— Bon, mais dans tout ceci quelle est ma situation, dis-je.

— Le domaine est à vous par héritage direct et légitime. Mais votre oncle soutiendra l'indéfendable, y compris que votre identité est fausse. Il faut trouver un compromis et vous contenter pour l'instant d'une simple avance.

Je lui soumis alors un plan dont j'avais eu l'idée en l'entendant parler il sembla, à première vue le trouver bon. Après le déjeuner que nous prîmes en compagnie de Mme Rankeillor, nous revînmes dans son bureau. Il prit quelques notes et appela un clerc.

— Torrance ! Voudriez-vous rédiger tout cela en bonne forme ; et dès que vous serez prêt, faites-moi signe, vous serez notre témoin.

— Ainsi vous adoptez mon plan ? demandai-je.

— Vous le voyez bien, dit-il en me servant un verre de liqueur. Mais assez parlé d'affaires. L'arrivée de Torrance m'a rappelé une petite aventure. Il y a quelques années, Torrance ayant un peu forcé sur la bouteille ne me reconnut pas et comme j'avais justement ce jour-là oublié mes lunettes je ne le reconnus pas non plus.

Puis, retrouvant son sérieux, il me dit.

— Mais il est grand temps d'aller retrouver votre ami, ce Monsieur Thompson dont vous m'avez parlé.

Nous traversâmes la ville bras-dessus, bras-dessous, suivis par Torrance qui portait l'acte dans sa poche et un panier fermé à la main. Au nombre de saluts qui étaient adressés à M. Rankeillor, en cours de route, je pus juger de sa popularité.

Soudain il poussa un petit cri, tâta ses poches et se mit à rire.

— N'est-ce pas grotesque ! Après tout ce que j'ai dit, voici que j'ai oublié mes lunettes.

Je compris alors le but de son anecdote. Il avait fait exprès d'oublier ses lunettes pour pouvoir rencontrer Alan sans avoir à le reconnaître, s'il le croisait à nouveau sur sa route.

Dès que nous eûmes dépassé l'auberge de Hawes, notre ordre de marche changea. Je passai devant, en éclaireur. J'escaladai la colline en sifflotant l'air que nous avions choisi comme signe de reconnaissance et j'eus la joie de voir Alan sortir d'un buisson. Il était un peu démoralisé d'avoir passé une si longue journée à errer dans le comté. Mais au premier coup d'œil qu'il jeta sur mes vêtements il sembla ragaillardi. Au fur et à mesure que je lui expliquais qu'elle était ma situation et ce que j'attendais de lui il devint un tout autre homme.

— Excellente idée, dit-il, et je suis bien l'homme qu'il vous faut. Mais votre notaire doit être impatient de me connaître.

— Monsieur Thompson, je suis très heureux de vous rencontrer, dit le notaire. Malheureusement j'ai oublié mes lunettes sans lesquelles je suis presque aveugle. Ne soyez donc pas surpris si demain je vous croise sans vous saluer.

Alan Breck parut un peu surpris :

— Nous sommes ici pour faire rendre justice à M. Balfour. Je doute que nous ayons l'occasion de nous revoir. De plus, moins on peu me reconnaître et mieux je me porte.

— C'est plus que je n'espérais, M. Thompson, dit le notaire cordialement. Mais nous devons mettre au point nos plans ; vous et moi jouons les principaux rôles. Voudriez-vous me donner le bras pour me guider ? Ah ! M. David, vous avez en Torrance un interlocuteur agréable. Puis-je vous rappeler qu'il est inutile qu'il en sache davantage sur vos aventures et celles de... M. Thomson ?

La nuit était tombée quand nous arrivâmes en vue du château de Shaws. Il faisait doux ; le vent du sud-ouest agitait les feuilles, couvrant ainsi le bruit de nos pas. Aucune trace de lumière n'apparaissait sur la façade. Le notaire, Torrance et moi nous allâmes en silence nous cacher derrière l'angle de la maison. Et dès que nous fûmes à nos postes, Alan marcha vers la porte sans se cacher et frappa résolument.

CHAPITRE XII

J'ENTRE DANS MON ROYAUME

Aux coups redoublés qu'Alan asséna sur la porte seul l'écho répondit. Mais au bout d'un certain temps, j'entendis le bruit d'une fenêtre qu'on ouvrait avec précaution et je sus que mon oncle était à son poste d'observation. Il ne pouvait voir que la silhouette noire d'Alan sur les marches. Rien de bien inquiétant au premier abord. Malgré cela, il étudia un bon moment en silence son visiteur et lorsqu'il parla, sa voix trahissait un tremblement d'inquiétude.

— Qui êtes-vous ? Que faites-vous là à cette heure ? Méfiez-vous, je suis armé.

— Monsieur Balfour? Ouvrez! j'ai à vous parler.

— Que venez-vous faire ici? Qui êtes-vous? cria à nouveau mon oncle en colère.

— Je n'ai pas l'intention de crier longtemps comme ça! Mais sachez que je viens vous parler d'affaires qui vous concernent plus que moi.

— De quoi s'agit-il?

— De David, répondit Alan.

— Quoi? s'écria mon oncle d'une voix altérée. Vous avez dit David?

— Est-ce que le prénom ne vous suffit pas?

Il y eut une pause puis mon oncle dit avec hésitation :

— C'est bon, je viens vous ouvrir.

— Je n'ai pas l'intention de m'éterniser. Venez ici et je vous dirai de quoi il retourne.

— Bon, bon! Je viens, dit Ebeneezer surpris par le ton impératif d'Alan et il ferma la fenêtre. Il mit longtemps à descendre l'escalier. Les verrous et les chaînes grincèrent, puis, il se glissa tout doucement dehors et s'assit sur la marche supérieure, son tromblon sur les genoux.

Je serai bref, reprit Alan. J'ai de très bons

amis qui habitent tout près de l'île de Mull dont vous avez entendu parler. L'un d'eux, ayant su qu'un naufrage avait eu lieu, vint voir s'il ne pouvait pas trouver quelques objets de valeur qui auraient été rejetés par la mer. Or, voilà que sur la plage, il découvre un garçon à demi noyé. Il le ramène chez lui, et le soigne. Depuis ce temps, David vit aux crochets de ces gens-là. Mais ils ne sont pas riches et ayant appris que ce garçon était un Balfour, ils m'ont demandé de venir vous en toucher un mot. Avouez qu'une petite compensation financière s'impose et sachez que si vous acceptiez ce marché, vous n'entendriez plus jamais parler de lui.

— Ce n'était qu'un garnement et peu m'importe ce qu'il est devenu.

— Allons, allons ! Vous dites cela pour diminuer la rançon.

— Non, c'est vrai ! et vous pouvez en faire ce que vous voulez, je ne verserai pas un sou pour lui.

— Voyons, Monsieur ! dit Alan, vous ne pouvez pas abandonner le fils de votre frère, songez un peu à votre réputation.

— Personne n'en saurait rien. On ne vous connaît pas, et nul ne vous croira.

— Alors c'est David qui parlera, dit Alan !

— Comment ça ?

— Mes amis garderont David tant qu'ils croiront pouvoir en tirer de l'argent. Dans le cas contraire, ils l'enverront au diable. Il reviendra et l'affaire se saura.

— Je ne veux plus entendre parler de lui. Laissez-moi tranquille.

— Monsieur, dit Alan en élevant le ton. Je n'ai pas l'intention de perdre mon temps en bavardages inutiles.

Et, d'un geste brusque, il arracha le tromblon des mains de mon oncle, puis, dégainant son épée :

— Si vous n'acceptez pas mes conditions, vous êtes un homme mort.

— Je paierai, je paierai, dit mon oncle qui s'était levé et tremblait de la tête aux pieds.

— Bien, mettons-nous d'accord. Voulez-vous que le garçon soit tué ou séquestré ?

— Oh ! Mon dieu ! gémit Ebeneezer.

— Tué ou séquestré, répéta Alan.

— Pas de sang !

— Bon ! Alors ce sera plus cher !

— Je vous ai dit que j'étais prêt à payer.

— Avant de fixer le prix, j'aimerais avoir

quelques précisions. Combien avez-vous donné à Hoseason ?

— Hoseason ! s'écria mon oncle interloqué. Qui est-ce ? Que voulez-vous dire ?

— Vous le savez très bien. Combien lui avez-vous donné pour enlever David ?

— C'est un mensonge ! Qui vous a raconté cela ?

— Qui aurait pu me le dire ? Hoseason et moi sommes associés et nous partageons. Combien lui avez-vous donné ?

— Vous l'a-t-on dit ?

— C'est mon affaire, répliqua Alan.

— La vérité, je le jure devant Dieu, dit mon oncle, est que je lui ai donné vingt pounds. Pour être franc avec vous sachez qu'il devait vendre le garçon en Caroline ; ainsi, il touchait davantage mais pas de ma poche.

A ce moment-là, nous nous approchâmes, M. Rankeillor et moi-même.

— Merci, Monsieur Thomson ! Vous avez bien travaillé, dit le notaire en s'avançant ; et il ajouta très poliment : bonjour, Monsieur Balfour !

— Bonjour, oncle Ebeneezer, repris-je.

— Belle nuit, n'est-ce pas, Monsieur Balfour, conclut Torrance.

Mon oncle resta muet. Pâle comme un mort, il était pétrifié sur le seuil. Alan rengaina son épée tandis que le notaire entraînait mon oncle à la cuisine où nous le rejoignîmes tous.

— Remettez-vous, Monsieur Ebeneezer, dit le notaire. Nos conditions ne seront pas trop dures. En attendant, donnez-nous la clé de la cave et que Torrance nous apporte une bouteille de vin, nous en avons bien besoin après tant d'émotions.

Puis il me serra la main, en disant :

— Monsieur David, je vous souhaite toute la prospérité que vous méritez.

Et, avec une pointe d'ironie dans la voix, il félicita Alan :

— Monsieur Thomson vous avez conduit l'affaire avec maestria.

Après avoir pris un verre, M. Rankeillor et mon oncle s'isolèrent pour discuter dans la pièce voisine, pendant près d'une heure.

Le notaire obtint de mon oncle qu'il lui règle ses honoraires, et qu'il me verse une somme correspondant aux deux tiers nets du revenu annuel de Shaws.

Le lendemain, vers six heures, nous marchions, M. Rankeillor et moi, de long en large devant le château de Shaws. Sous nos yeux s'étendaient les champs et les bois qui avaient appartenu à mes ancêtres et qui étaient maintenant mon domaine.

Malgré la gravité des problèmes dont nous discutions, je me sentais le cœur léger.

Le notaire n'avait aucune hésitation en ce qui concernait les devoirs que j'avais à l'égard d'Alan.

Il fallait que je l'aide à quitter le pays à tout prix.

Nous rentrâmes bientôt et il rédigea une longue lettre sous mes yeux :

— Voici une lettre que j'adresse à mes banquiers de la British Linen Compagny, pour qu'un crédit soit ouvert à votre nom. Avec ce crédit vous pourrez gérer votre fortune.

Peu après, le notaire prit congé de nous et s'éloigna avec Torrance vers Queensferry tandis qu'Alan et moi nous nous tournions vers Édimbourg. L'heure de notre séparation approchait. Nous prîmes toutes les dispositions et nous décidâmes qu'Alan resterait dans la région, allant où il voudrait, mais qu'une fois par jour, à une heure précise, il se trouverait en un lieu déterminé où je puisse le trouver, soit pour le voir moi-même, soit pour lui envoyer un messager.

Quant à moi, j'irai consulter un avocat qui soit un homme de confiance, et qui pourrait trouver un bateau et organiser en toute sécurité l'embarquement d'Alan.

Nous nous arrêtâmes au sommet de la colline de Cortorphine d'où l'on voit les étangs et, au loin, Édimbourg avec son château sur la colline.

Sans rien dire, nous savions que là, nos routes se séparaient. Je lui remis tout l'argent dont je disposais, deux ou trois guinées, reçues de M. Rankeillor pour qu'il ait de quoi subvenir à ses besoins pendant que je préparai son départ.

Nous restâmes quelques instants à regarder Édimbourg, en silence.

— Eh bien ! au revoir, dit enfin Alan dont la voix tremblait légèrement.

— Au revoir, dis-je en lui tendant la main.

Jamais je n'ai éprouvé un tel sentiment de solitude qu'après l'avoir quitté pour dévaler la colline.

Vers midi, je passai devant l'église de l'Ouest et le marché aux herbes, et j'entrai dans Édimbourg. Je me perdis dans le dédale des rues, ne pensant qu'à Alan.

La providence me guida pourtant jusqu'aux portes de la British Linen Bank.

TABLE DES MATIÈRES

TITRES DISPONIBLES
DANS LA COLLECTION
« LECTURE ET LOISIRS »

1. **Ben Hur,** de Lewis Wallace
2. **Moby Dick,** de Herman Melville
3. **Croc Blanc,** de Jack London
4. **Rémi Orphelin** (Sans Famille, 1re partie) de Hector Malot
5. **Le Bonheur de Rémi** (Sans Famille, 2e partie), de Hector Malot
6. **La Tulipe Noire,** d'Alexandre Dumas
7. **Les Inséparables sauvent l'humanité,** de Tudor
8. **Les Inséparables cherchent et trouvent,** de Tudor
9. **Les Aventures de David Balfour** de R. L. Stevenson
10. **L'Homme de Neige,** de George Sand
11. **Quo Vadis,** de H. Sienkiewicz
12. **Contes des mille et une Nuits**
13. **Le Corsaire Rouge,** de Fenimore Cooper
14. **Le Comte Kostia,** de V. Cherbuliez
15. **Cinq Semaines en Ballon,** de J. Verne
16. **Autour de la Lune,** de J. Verne
17. **Gil Blas** (1re partie), de Lesage
18. **Gil Blas** (2e partie), de Lesage
19. **Les Aventures d'Arthur Gordon Pym,** d'Edgar Poe
20. **L'Ane d'or,** d'Apulée

21. **La Fortune de Gaspard,** de la Comtesse de Ségur
22. **Les Intrépides et le Secret de la villa bleue,** de Maurice Périsset
23. **Les Inséparables raflent tout,** de Tudor
24. **Les Inséparables adoptent un G.P.,** de Tudor

Achevé d'imprimer en mars 1982
sur les presses de l'Imprimerie Bussière
à Saint-Amand (Cher)